AUDREY HARTE

Procurando o
Amor
lugares e

SÉRIE AMOR EM L.A. - 1

Editora
Charme

Título original : Love in all the wrong places
Copyright © 2013 Audrey Harte
Copyright da tradução © 2015 por Editora Charme

Todos os direitos reservados.

Nenhuma parte deste livro pode ser reproduzida, digitalizada ou distribuída de qualquer forma, seja impressa ou eletrônica, sem autorização.

Este livro é uma obra de ficção e qualquer semelhança com qualquer pessoa, viva ou morta, qualquer lugar, eventos ou ocorrências, é pura coincidência. Os personagens e enredos são criados a partir da imaginação do autor ou são usados ficticiamente. O assunto não é apropriado para menores de idade. Por favor, note que este romance contém situações sexuais explícitas e consumo de álcool e drogas.

1ª Impressão 2015
Produção Editorial - Editora Charme
Capa e Projeto gráfico: Verônica Góes
Tradução: Andréia Barboza e Cristiane Saavedra
Revisão: Andrea Lopes e Ingrid Lopes
Foto de capa: Shutterstock

Este livro segue as regras da Nova Ortografia da Língua Portuguesa.

CIP-BRASIL, CATALOGAÇÃO NA PUBLICAÇÃO
SINDICATO NACIONAL DE EDITORES DE LIVROS, RJ

S835i
Harte, Audrey
 Procurando o amor nos lugares errados / Love in all the wrong places
 Série Amor em L.A. - Livro 1
 Editora Charme, 2015.

 ISBN: 978-85-68056-16-5
 1. Romance Estrangeiro

 CDD 813
 CDU 821.111(73)3

---

www.editoracharme.com.br

AUDREY HARTE

Procurando o Amor nos lugares errados

SÉRIE AMOR EM L.A. – 1

Tradução: Andréia Barboza e Cristiane Saavedra

Dedicatória

Este livro é dedicado à minha amada família e amigos, que sempre me apoiaram e acreditaram em mim, sem nunca duvidar. À minha irmã mais nova, que é uma das maiores artistas e mentes criativas que já conheci. Dedico também à minha querida amiga Kimberly, a quem devo mais do que consigo mensurar. Sem ela, eu ainda estaria sonhando em escrever um livro, em vez de tornar esse sonho realidade.

Capitulo 1

— Desde quando me tornei essa pessoa desesperada? — Annie murmurou para si mesma, sacudindo a cabeça em desgosto, quando clicou em outro anúncio na área de relacionamentos do site *Craiglist*, buscando pessoas da região de Los Angeles. Ela já tinha perdido um bom tempo da sua preguiçosa tarde de sábado lendo cerca de trinta anúncios na categoria *"Homens procuram mulheres"* e estava prestes a considerar a possibilidade de fazer um voto de celibato ou, quem sabe, começar a jogar em *outro time*.

O primeiro anúncio que ela leu foi postado por um cara que queria conhecer uma jovem moça asiática, bem fisicamente, para ser sua submissa. *Sério?* Ela ficou tentada a desistir de tudo ali, mas gostava de desafios e não desistiria assim tão facilmente. Então, corajosamente clicou no próximo anúncio. Era de um cara que queria *"420"* (ou seja, fumar maconha), fazer sexo, pedir uma pizza e assistir a uma maratona de *Breaking Bad* — dificilmente seu primeiro encontro ideal.

Suspirando cabisbaixa, ela continuou a percorrer os anúncios, mas nenhum deles tinha algo interessante. Alguns desses caras mal pareciam saber escrever.

Alguns homens postavam fotos nas quais estavam quase nus, em poses engraçadas, em frente ao espelho do banheiro; suas amigas avisaram que ela poderia encontrar anúncios assim. Um cara estava com o jeans abaixado até as coxas, com a mão mal cobrindo a virilha — que classe. Outro cara estava deixando "tudo de fora" e postou uma foto do pênis saindo da cueca. Ficando um pouco verde, ela rapidamente clicou no próximo anúncio e estremeceu, fazendo uma careta. *Blergh*.

Sem sorte no amor, Annie foi contemplada com uma maré de derrotas consecutivas na vida sentimental. No ensino médio, manteve-se ocupada praticando esportes e trabalhando meio expediente, o que não permitiu que tivesse um namoro de verdade até o último ano. Mas o relacionamento terminou quando seu namorado foi aceito na Emerson College e se mudou para estudar música em Boston. No fim das contas, ela não o culpou por sua decisão, mas, quando tudo aconteceu, desejou que ele estivesse disposto a, pelo menos, tentar um relacionamento de longa distância antes de terminar com ela.

Quando ela tinha dezenove anos, recém-saída da escola e ainda extremamente ingênua, conheceu Mark, um jovem ator, uns seis anos mais velho, que tinha se mudado para o sul da Califórnia vindo de St. Louis, Missouri.

Mark era alto, sombrio, misterioso, sedutor e muito sexy — típico homem que as mães costumam avisar suas filhas para ficarem longe. Ele sempre usava uma jaqueta de couro preta e óculos estilo aviador, fumava *American Spirits* e amava beber *Glenlivet*. Tinha profundos olhos azuis, adornados por grossas sobrancelhas castanhas, um acentuado queixo quadrado, que demonstrava sua obstinação e um desarrumado cabelo castanho que caía em sua testa, o qual ele tirava com as pontas dos dedos, como Johnny Depp no seriado *Anjos da Lei*. Como a maioria dos atores, ele era bastante focado na própria aparência.

Conheceram-se no churrasco de um amigo em comum, em quatro de julho, e ficaram conversando sozinhos aquela noite inteira. Ele disse a ela que estava dormindo no sofá de um amigo até que conseguisse um emprego e pudesse pagar por um lugar só dele.

Então, Annie e Mark começaram a passar muito tempo juntos e, apenas alguns dias depois que se conheceram, ela o convidou para morar com ela até que ele conseguisse se reerguer. Após ter assinado o contrato do seu primeiro apartamento, ela achou a ideia de brincar de casinha com ele extremamente atraente.

Sua primeira impressão sobre ele era que Mark era muito romântico e carinhoso. E não demoraria muito tempo para que conseguisse tirar a roupa dela, literalmente. Todo mundo que ela conhecia sempre dizia que, numa nova relação, era muito natural fazer muito sexo, às vezes, várias vezes ao dia. Sendo uma pessoa muito sexual, ela estava superansiosa para desfrutar dessa parte do seu novo relacionamento. Ela adorava Mark e ansiava por mais, por ser amada e valorizada por ele.

No entanto, as coisas nem sempre correm como você planeja. Annie era o tipo de pessoa que faria quase qualquer coisa pelas pessoas com as quais se importava, e, logicamente, pelo homem na sua vida. Ela não sabia se isso era uma característica de sua herança asiática, mas foi educada assim e gostava de cuidar das pessoas. Também era muito sensível e precisava que seu amor fosse correspondido.

Então, quando Mark mal a tocou nos seis meses em que viveram juntos — talvez uma vez por mês —, ela não sabia o que pensar. Tudo o que conseguia supor era que ele não a desejava. E, se fosse esse o caso, talvez ela fosse indesejável para todos os homens. No fundo, ela sabia que isso não era verdade, mas, por estar envolvida emocionalmente, a situação a deixava insegura e paranoica.

Ela sempre foi uma moça atraente, nunca tinha faltado atenção masculina até o ensino médio. Mas, apesar de Mark ter manifestado seu amor eterno a ela em várias ocasiões e usado um pouco de suas escassas economias para comprar um anel de compromisso, a contínua falta de interesse sexual dele estava rapidamente destruindo sua autoestima. Seu comportamento bizarro e injustificado fazia Annie questionar seu próprio julgamento.

Sua tentativa de proporciona-lhe o bom e velho *despertador oral*, numa manhã, resultou em Mark empurrando-a para longe e ela caindo no chão, com um baque pesado, machucando tanto o braço quanto o orgulho. Outra vez, quando ela tentou se aconchegar ao pescoço dele, deslizando uma mão em sua perna, ele a afastou e saiu da cama, acusando-a de ser ninfomaníaca.

Ela ficou horrorizada com a sua grosseria. Amava-o e só queria poder expressar fisicamente seu sentimento por ele. Após confiar sua história a alguns de seus amigos homens, eles a asseguraram que era ele quem estava agindo irracionalmente (disseram que ela era muito gostosa e que Mark tinha que estar maluco se não a "comia sempre que possível"). Então, ela começou a se perguntar se ele era gay ou a estava traindo.

Entretanto, continuava a pagar tudo deles: aluguel, contas e mantimentos. Todos os dias, ela trabalhava de dez da manhã até às sete da noite, enquanto ele ficava em casa à "procura de emprego". Ela trabalhava, em tempo integral, como recepcionista em um salão de beleza local e, geralmente, estava esgotada quando chegava em casa. Mesmo depois de trabalhar um dia inteiro, enquanto ele ficava sentado em casa, ela sempre fazia o jantar. Tudo o que ela pedia em troca era que ele a ajudasse a conservar o apartamento... lavar a louça, tirar o lixo, nada demais.

Um hábito dele que Annie não conseguia compreender era que, sempre que ele recebia um telefonema, pedia licença e ia para fora fumar um cigarro. Ela o assegurou de que ele podia fumar lá dentro, mas ele continuava a atender as ligações do lado de fora. Apesar de morarem num pequeno apartamento, com pouca privacidade, ela não estava tentando escutar às escondidas. Uma meia parede dividia a sala do quarto. Havia uma diferença de poucos metros entre o topo da divisória e o teto, e apenas uma porta aberta ligando os dois cômodos.

Então, certa noite, ela acordou assustada ao perceber que ele não estava dormindo ao seu lado na cama e ouviu o que parecia ser alguém batendo punheta. Annie calmamente levantou-se da cama e olhou por cima da divisória para a sala onde Mark estava sentado à escrivaninha do computador, falando com alguém no *Skype* e... se masturbando.

Correndo para a sala, ela o confrontou, percebendo o quanto ele estava duro quando se levantou apressadamente, enfiando o membro de volta para dentro da calça. Prestes a cair no choro, ela correu para o banheiro e bateu a porta, caindo de joelhos. Os soluços tomaram seu corpo, enquanto permanecia ajoelhada no piso frio de ladrilho.

Ela não se importaria nem um pouco com o fato de ele estar se masturbando, caso não estivesse fazendo isso enquanto conversava com alguém no Skype. Para ela, Mark estava tentando sacaneá-la. Ela mal podia acreditar que ele teve coragem de bater punheta, enquanto falava com alguma vagabunda online, quando tinha sido rejeitada constantemente, nos últimos meses.

— Com quem você estava falando no Skype quando eu te peguei, Mark? — ela exigiu, irritadamente.

— Ninguém! — ele gritou pela porta.

— Mentira! Eu vi alguém na sua janela do *Skype*! — ela gritou de volta.

— Eu não estava falando com ninguém. Quer dizer, estava, mas só estava batendo papo com ela, não...

— Ela? Eu sabia!

— Era só minha amiga Jessica, mas eu não estava fazendo sexo virtual com ela, estávamos conversando...

Annie se levantou e abriu a porta, encarando-o furiosamente.

— Você estava só batendo papo com outra garota, enquanto se masturbava? Você sabe que ela pode vê-lo, né? Por que faria isso com outra pessoa quando pode me ter quando quiser? Pensei que me amava e queria ficar comigo, mas você não me toca!

— Não, ela não podia me ver. Só eu a via. Minha webcam está quebrada.

Ela bufou.

— Você espera mesmo que eu acredite nisso?

— É verdade, juro por Deus.

— Por que você estava batendo punheta enquanto falava com ela?

— Eu não sei... estava entediado — ele disse e deu de ombros.

Embora não acreditasse em suas mentiras e desculpas nem por um minuto, Annie temia o pensamento de ficar sozinha novamente. Muito insegura para terminar as coisas com ele, ela acabou não fazendo nada.

Algumas semanas depois desse incidente, Mark finalmente conseguiu um emprego, um apartamento e se mudou. Sempre que ela ia visitá-lo, ele, geralmente, estava de saída com Julia, sua nova colega de apartamento. Logo começou a se sentir uma intrusa ao invés de namorada e começou a questionar se algo mais estava acontecendo entre ele e a companheira de apartamento. Quando o confrontou, ele negou e disse que Julia tinha se tornado uma boa amiga.

Passaram-se semanas e Annie ainda sentia que algo estava errado. O final do ano estava chegando e ela convidou Mark para ir à festa de Ano Novo de um amigo. Ele recusou dizendo que já tinha feito planos para sair com um grupo de amigos.

Chateada por ele não querer passar o Réveillon com ela, decidiu ir à festa sozinha. Completamente na merda, virou muitos *shots* de *Goldschlager* com Jason, um skatista gatinho que conheceu lá. O cara era um bom ouvinte e a elogiava o tempo todo, fazendo-a se sentir admirada novamente. Ela confidenciou a ele seus problemas com o namorado, contando-lhe toda a história de como conheceu Mark, como a cortejou e foi morar com ela e, então, passou a rejeitá-la quase todas as vezes que tentou ter intimidade com ele.

Jason acabou indo para casa com ela e eles transaram bêbados, ambos envolvidos numa conversa gostosa. Ele era um amante completo... e lhe disse que Mark era louco por não querer passar o Ano Novo com ela. Assim que as palavras saíram de sua boca, eles ouviram uma chave girando na fechadura. Mark era a única pessoa que tinha a chave; ele estava prestes a descobrir sua traição, já que não havia nenhuma outra saída para Jason escapar.

— Oh, meu Deus, entre no banheiro — ela sussurrou freneticamente, correndo pelada pelo quarto, batendo a porta, antes que Mark conseguisse entrar.

— Droga, Annie! — ele disse com raiva, tentando empurrar a porta. — Abre a porta!

— Mark? O que você está fazendo aqui? Achei que você ia sair com os seus amigos — ela gaguejou, encostada contra a porta, tentando controlar o pânico, enquanto pensava num jeito de sair daquela situação. Mas ela estava desesperada e não sabia mais o que fazer.

— Resolvemos não sair, então eu vim vê-la. Agora, abra a porra da porta!

Finalmente, ela desistiu de tentar mantê-lo do lado de fora e se afastou da porta. Sentou-se no sofá e puxou um roupão sobre si, encarando o chão quando lágrimas começaram a rolar pelo seu rosto. Mark entrou e a viu sentada ali, seminua e agitada, e, em seguida, foi em direção ao banheiro, onde encontrou Jason de pé com uma toalha na cintura.

Ele não disse uma palavra para qualquer um deles, apenas começou a caminhar de volta para a porta da frente. Ela ainda estava chorando e ele parou no caminho e olhou para ela.

— Não consigo acreditar nessa porra. Que merda você estava pensando, Annie?

— Não sei por que fiz isso, me desculpe. — Ela ficava pedindo desculpas a ele repetidamente, enquanto as lágrimas continuaram a cair pelo seu rosto, mas ele saiu do apartamento e a deixou chorando no chão. Depois que Jason terminou de se vestir, deu-lhe um tapinha desajeitadamente no ombro, dizendo que deveria ir embora e saiu pela porta sem olhar para trás.

Devastada e sozinha, ela chorou até dormir, seu coração partido. No dia seguinte, Mark veio buscar o resto de seus pertences que tinha deixado na casa dela e novamente foi embora sem mal falar duas palavras para ela. Sua piada de relacionamento acabou oficialmente... até que, uma noite, algumas semanas mais tarde, ele ligou chorando, dizendo que precisava desesperadamente de uma amiga para conversar. Ela consentiu, e logo depois ele chegou ao apartamento dela, bêbado e tropeçando, onde caiu no sofá e começou a chorar novamente, abrindo seu coração.

Devastado, ele veio à procura de compaixão, explicando a Annie que conheceu Jessica online há alguns meses, antes de se mudar para Los Angeles. Mark tinha mentido para Jessica, dizendo-lhe que Annie era apenas uma amiga e que ele só ia morar com ela até conseguir sua própria casa. Também confessou que, todos os dias, quando Annie saía para trabalhar, usava seu telefone fixo para ligar para Jessica e faziam sexo por telefone.

Quando ele finalmente terminou com Annie, depois de descobrir sua traição, ligou para Jessica para contar que tinha se mudado. E, então, ela disse que já não estava mais interessada em manter o relacionamento.

Apesar de estar se sentindo arrasada e com o coração completamente despedaçado, Annie fez o impensável e o perdoou, permitindo-lhe continuar a frequentar sua casa. Ele ia e ficava lá sentado, deprimido, falando sobre seu amor perdido com Jessica. Annie nunca tinha visto um homem adulto chorar tanto.

Ele estava desesperado, mais do que imaginava que alguém poderia ficar. Até a arrastou com ele para uma vidente, porque pensava em comprar uma poção do amor para tentar recuperar o amor da Jessica. Foi neste momento que Annie começou a questionar a sanidade de Mark. Ela estava realmente apaixonada por esse cara? Sentindo pena dele, Annie tinha até tentado ligar, em nome dele, para Jessica, tentando convencê-la a dar uma segunda chance a Mark, mas Jessica riu, desejou-lhe sorte e disse que ela poderia ficar com ele.

Annie sentia-se culpada por enganá-lo, mesmo sabendo que ele tinha traído sua confiança, traindo-a primeiro, porque ainda o amava. Então ela o ouvia, o apoiava e o permitia cair em sua cama, dia após dia.

Ironicamente, ele estava, finalmente, disposto a tocá-la novamente agora que as coisas acabaram com Jessica. Mas depois de fazer amor com Annie, ali mesmo na cama, ele dizia o quanto amava e queria Jessica, fazendo o coração de Annie quebrar mais uma vez. E continuou assim durante semanas; ela sentia-se dormente, passando a seguir uma rotina diária com ele, vivendo um dia de cada vez.

Então, um dia, ela caiu na real e terminou com Mark, definitivamente, dizendo-lhe que não queria mais vê-lo. Claro, assim que ela disse que estava tudo acabado, ele parou de falar sobre Jessica e disse que era Annie quem ele realmente amava — que ele só não tinha percebido o que tinha bem à sua frente o tempo todo. Ele até escreveu um livro de poesias e deixou na porta da frente — super piegas e meloso, repleto de poemas de amor. Quanto mais ele insistia, mais nojo ela sentia dele, até que não podia mais suportar vê-lo ou pensar nele por mais tempo.

Encontraram-se para um último almoço, e ela disse a Mark que gostava dele, mas não podia mais continuar com ele. Vê-lo, mesmo como apenas amigos, não permitia curar seu coração e ela precisava superar essa história, e, mais do que tudo, seguir em frente com sua vida. Foi a última vez que ela viu Mark.

Fazendo um avanço rápido pelos cinco anos seguintes, a vida amorosa de Annie só colecionava mais e mais relacionamentos ruins. O que a levava ao ponto atual: procurar um namorado usando a internet. Com certeza, deveria ter um jeito melhor de encontrar o cara certo, mas ela não era fã do velho clichê de ficar com caras em bares e boates; nas poucas vezes que tentou, não terminou bem. Além disso, uma das suas melhores amigas conseguiu encontrar o namorado de três anos na internet, então, o namoro online parecia ser uma alternativa que valia a pena explorar.

Os amigos dela recomendaram alguns sites de namoro, como o *E-Harmony*, *Match.com* e o *Zoosk*. Cética em pagar por um site de namoro virtual, ela decidiu tentar o caminho mais barato primeiro. A impressão geral, depois de passar uma hora na *Craigslist,* era bem menos do que otimista.

— Annie — chamou uma voz com um sotaque fortemente acentuado. — Annie, sei que você está aí. Vi seu carro lá fora. Abra a porta, amiga, é uma emergência! — Desta vez, a voz foi seguida por uma insistente batida na porta da frente.

Annie revirou os olhos e suspirou, colocando o laptop na mesa de centro.

— Nossa, Alex. Calma, estou aqui. Não derrube a porta. — Ela suspirou ao tirar a corrente e abrir a fechadura.

— Garota, eu tenho um encontro hoje à noite e não tenho ideia do que usar. Preciso invadir seu armário! — Um jovem latino e atraente, com cabelo castanho bem curto, olhos verdes brilhantes e um corpo atlético definido, cruzou a sala de estar e parou apenas para beijá-la em cada bochecha, antes de ir em direção ao quarto.

— Se você couber em minhas roupas, eu te mato — ela ameaçou enquanto o seguia.

— Por mais que eu quisesse usar tudo o que tem no seu armário, *chica*, só preciso de um lenço e uma bolsa — uma bem grande — porque preciso levar uma sunga, escova de dentes e preservativos para mais tarde.

— Oh. Bem, nesse caso, sirva-se — Annie consentiu, apontando para o armário.

— Você é demais!

— Para que servem os vizinhos, se não para emprestar acessórios fabulosos?

— Não poderia concordar mais. E quanto a você? Planos para hoje à noite?

— Você está olhando para eles.

Alex fez uma pausa de remexer na pilha de lenços dobrados ordenadamente para avaliá-la. Ela não estava usando lentes de contato, ostentava um par de óculos de armação de metal, pouco lisonjeiro, seu longo cabelo castanho estava puxado em um rabo de cavalo bagunçado e usava uma calça larga, um sutiã esportivo com uma blusa desbotada por cima e chinelos de andar em casa.

— Oh, querida, temos que te encontrar um homem — ele lamentou, voltando-se para os lenços e, em seguida, soltou um suspiro. — *Ay, Mami*, é aquele! — Ele acenou com um lenço de seda preto, com fios prata e ela balançou a cabeça, aprovando.

— Boa escolha. É um dos meus favoritos. Qual cor de bolsa você quer?

— Preta, se tiver.

— Oh, sim, com certeza eu tenho. — Ela se ajoelhou no chão e abaixou-se para retirar uma grande caixa de debaixo da cama. — Então, quem é o felizardo?

— Ele está na minha aula de ioga. Surpreendentemente flexível!

— Uau.

— Pois é, querida. Já consigo imaginar as posições que faremos essa noite... Oh, meu Deus, sua *Gucci*? — Ele estremeceu quando Annie colocou a caixa preta em cima da cama.

— Me custou um ano de trabalho como babá para eu conseguir comprá-la.

— E você confia em mim com ela?

— Acho que não conheço ninguém em quem possa confiar mais — ela disse, tirando a bolsa da embalagem protetora e puxando seu tesouro de couro preto para fora da caixa. — Mas é melhor trazê-la de volta inteira ou você vai me comprar uma nova. — Ela virou-se e entregou a bolsa a ele, antes de colocar a tampa de volta na caixa e devolvê-la ao lugar, debaixo da cama.

— Juro que te devolvo inteirinha. Posso trazê-la amanhã, na hora do jantar?

— Claro, vamos assistir *Dexter*. Você pode aproveitar e me contar tudo sobre o seu gato contorcionista do pilates, enquanto eu cozinho.

— Ioga.

— Verdade, ioga.

— Eu não perderia isso por nada deste mundo. Qual o cardápio da semana?

— Capellini Pomodoro com alho do Texas.

— Hummm. Vou fazer pudim de caramelo para a sobremesa. Aproveito e trago um pouco de vinho.

— Idem sobre o humm. Eu sabia que havia uma razão pela qual eu te mantenho aqui. Divirta-se hoje à noite. — Annie sorriu para seu amigo quando ele lhe mandou um beijo e flutuou para fora do apartamento com seu lenço artisticamente amarrado no pescoço e a *Gucci* cuidadosamente encaixada nos braços. Acenando, ela fechou e trancou a porta, e voltou para o sofá.

Puxando o laptop para frente, ela atualizou o navegador e verificou os novos anúncios que tinham sido postados. Nada parecia remotamente atraente. Respirando profundamente, ela rolou até o link *Mulheres procurando homens*, clicou e esperou a página carregar.

Se não posso encontrar bons anúncios para responder, talvez eu tenha mais sorte se escrever meu próprio anúncio, ela pensou consigo mesma olhando para a tela, esperando a inspiração bater.

Morena inteligente de 25 anos procurando o cara certo.

Que comum. Ela suspirou e apertou o botão de *backspace* para limpar o campo, enquanto tentava pensar em algo mais original e criativo.

Mulher madura de vinte e cinco anos, com ótimo senso de humor, procura um cara também bem-humorado.

Hmm, ainda não.

Procuro um cara com conversa estimulante e que me faça rir.

Sério? Por que era tão difícil escrever uma frase de chamada legal, para chamar a atenção de um cara interessante?

Após ponderar por alguns minutos, ela finalmente começou a digitar.

Garota doce, da casa ao lado, buscando um cara legal e espirituoso para explorar L.A.

Sou jovem, tenho aproximadamente 1,73m de altura, atlética, com curvas, descendente de orientais, tenho longos cabelos e olhos castanhos. Prefiro lente de contato a óculos, pois eles me fazem parecer uma nerd. Gosto de rir e passear ao ar livre, fazer atividades divertidas e estimulantes e espero que você também goste. No entanto, também aprecio carinhos no sofá, durante um bom filme, depois de desfrutar de uma agradável refeição caseira (podemos, quem sabe, cozinhar juntos).

Procuro por um cara inteligente, espirituoso, sensível, carinhoso e responsável, entre vinte e trinta anos, que seja, preferencialmente, alguns centímetros mais alto do que eu. Gosto de me vestir mais casual, mas também sei como me portar em ocasiões mais formais. Se você estiver interessado, mande uma mensagem, falando um pouco sobre você. Enviando sua foto, eu envio a minha.

Sua mão pairou sobre o mouse e ela fechou os olhos, criando coragem para clicar no botão "*Continuar*". *Vamos lá, clica logo. Só porque você vai publicá-lo, não quer dizer que tenha que responder a alguém.* Ela abriu os olhos e clicou no botão, então esperou alguns momentos, enquanto o computador trabalhava para salvar o seu perfil. Poucos minutos depois, ela visualizou e confirmou o post, e agora estava esperando que ele ficasse disponível no site.

— Não foi muito difícil — murmurou para si mesma, pousando o laptop e inclinando-se no sofá. Pegando o controle remoto, ligou a TV e gemeu quando a série *O vestido ideal* cintilou na tela do canal *Discovery Home & Helth*. A última coisa que ela queria era assistir várias mulheres com os hormônios descontrolados, tentando encontrar o vestido de casamento perfeito.

Mudando de canal para procurar algo menos deprimente, ela finalmente encontrou um programa sobre um cara que foi abandonado no meio de um deserto de neve vestindo apenas short, camiseta, um casaco leve, meias e botas de caminhada. Deram a ele alguns dias para sobreviver na selva e achar o caminho até a civilização, usando apenas um pequeno suprimento de materiais, tais como: alguns metros de corda, um canivete, uma pequena pedra, uma frigideira pequena amassada e um pedaço quadrado de lona plástica resistente.

Quando começou o intervalo comercial, olhou para seu laptop e notou que tinha dez novas mensagens pendentes na sua caixa de entrada. *Uau, isso foi rápido.* Ela debateu consigo mesma, por um momento, imaginando se deveria excluir todas as mensagens novas sem sequer abri-las. Se as respostas fossem parecidas com alguns dos anúncios que tinha visto antes, seria uma longa noite até encontrar algo decente.

— Ah, vamos logo com essa merda — ela murmurou e abriu o primeiro e-mail. O corpo do e-mail estava em branco, mas uma foto de um cara mais velho, careca e um pouco barrigudo estava anexada. *Próximo!* Ela abriu outro e-mail e suspirou com esta resposta, que só continha um link para outro anúncio de namoro. — Ah, qual é? Fala sério! — ela reclamou com o laptop. — Dê-me algo bom. Não é pedir demais!

Os próximos e-mails eram obviamente algum tipo de resposta padrão, que era copiada e colada. Algumas fotos eram horríveis, outros nem sabiam escrever direito, e tinha um cara que dizia ter um fetiche por masturbar-se enquanto um grupo de mulheres fazia sexo. Ele perguntou se Annie e algumas amigas dela gostariam de encontrá-lo e até se ofereceu para pagar pelo tempo delas.

Annie estremeceu ao excluir todos os decepcionantes e-mails, um por um. Estava prestes a fechar o *browser* quando um novo e-mail apareceu. Relutante, ela o abriu, já preparada para excluir este também.

De: Danny Jensen
Assunto: Toc toc
Data: 24 de novembro de 2012 15:25
Para: vbr2f-2583349879@pers.craigslist.org

Oi, você parece muito divertida e bonita. :) Sou Danny, tenho trinta e três anos, sou originalmente da costa leste, mas agora vivo em Hollywood. Durante o dia, sou conselheiro em uma universidade no lado oeste e, à noite, faço comédia stand-up. Participei do programa Chappelle Show e amo filmes, música e gastronomia. Seu anúncio chamou minha atenção, querida vizinha. Estou batendo. Me dá um pouco de açúcar?

Uma foto foi anexada ao e-mail. Danny tinha cabelos castanhos curtos e olhos também castanhos; era bonitinho, de um modo desalinhado.

— Pelo menos ele não está nu — Annie murmurou consigo mesma, estudando a foto.

Pensando se devia responder ou não, ela foi até a cozinha pegar uma garrafa de *Pinot Grigio* da geladeira e procurou, na gaveta de utensílios, o saca-rolhas. Tirou a rolha e pegou no armário da cozinha uma taça.

Servindo-se generosamente, ela levou a taça aos lábios e tomou o primeiro gole, saboreando o frescor picante quando desceu pela garganta. Sentindo-se revigorada, retornou ao laptop e decidiu responder ao e-mail de Danny.

De: Annie Chang
Assunto: Quem está aí?
Data: 24 de novembro de 2012 15:45
Para: Danny Jensen

Oi, Danny.

Meu nome é Annie e tenho vinte e cinco anos, sou nascida e criada no sul da Califórnia. Trabalho em uma firma de advocacia, na área administrativa. Ainda não sei o que acho desta coisa de namoro online, mas pensei em dar uma chance. Então, você é um comediante, hein? Qual é a sua melhor piada para quebrar o gelo? :) Eu amo filmes, música e cozinhar. O último show que fui foi a turnê do American Idol (não ria). Fui com uma amiga do trabalho, e nos divertimos muito. Já fui em alguns shows de comédia na Ice House antes, mas só isso. Assisti ao Gabriel Iglesias antes de ele ficar famoso... err, mais famoso, lol. Qual o último bom filme que você viu? Achei Skyfall incrível. Bom, segue a minha foto.

Depois de enviar o e-mail, ela olhou para o computador e esperou por um tempo, querendo saber quão rápido ele responderia. Mentalmente, ela se repreendeu. As chances eram de que esse cara não estivesse esperando uma mensagem dela de volta. Afastando Danny de seus pensamentos, ela clicou no link de *Mulheres procurando homens* e começou a fazer uma varredura pelas frases de chamada, buscando inspiração. Talvez ela só precisasse escrever um anúncio melhor.

Procuro coroa amoroso – 24 anos

Preciso encontrar um homem, estou só há muito tempo – 21 anos.

Linda garota à procura de bons homens para hoje à noite – idade 25

Sou uma garota sexy que gosta de ser comida por vários caras - 21 anos

Mulher gorda e gostosa com herpes procura relacionamento de longo prazo - 23 anos

Acho que quero ser uma submissa - 30 anos

Uau... apenas uau. Ela estava começando a pensar que pode ser uma das poucas garotas normais que usa o *Craigslist*. Esfregando os olhos, colocou o laptop na mesa de centro e pegou o controle remoto.

Navegando pelos canais novamente, encontrou *Simplesmente Amor* passando na hbo.

— Ah, adoro esse filme! — ela exclamou imediatamente, se esticando no sofá para ficar confortável, aconchegando-se sob a manta quentinha que ganhou no último Natal. Estava numa das suas partes favoritas na qual Colin Firth tenta salvar as páginas do seu livro do lago, com a linda governanta portuguesa. *Por que não encontro um cara assim?* O anúncio de namoro ficou temporariamente esquecido; ela rapidamente se perdeu na história e não se mexeu da sua posição no sofá durante a próxima hora.

Quando o filme terminou, ela suspirou, sentindo-se um pouco triste e solitária, como sempre ficava depois de assistir a uma comédia romântica sozinha. Olhando para o laptop, viu que Danny tinha finalmente respondido. Rapidamente, ela abriu o e-mail e começou a ler.

De: Danny Jensen
Assunto: Piadas? Tenho piadas!
Data: 24 de novembro de 2012 17:15
Para: Annie Chang

Oi, Annie :) Danny e Annie, parece bonito?

Obrigado por responder e me enviar sua foto. Você é muito linda. Em que lugar de Los Angeles você mora? Eu fiz um trabalho temporário em um escritório de advocacia, quando eu morava em Nova York. Depois, consegui um trabalho maluco na FAO Schwarz, a loja de brinquedos, no qual eu vestia um terno colorido e andava pela loja como um apresentador de TV, conversando com as pessoas. Ha, aqueles eram dias muito divertidos. Já ouvi falar da Ice House, mas nunca estive lá. Faço shows com meus amigos, basicamente com esquetes e canções originais, além de fazer também comédias stand-up em Westwood, a cada duas semanas.

Quanto a quebrar o gelo, acho que é melhor derretê-lo do que quebrá-lo. Então, acho que eu teria que inventar algum tipo de piada de alta temperatura como "está ficando quente aqui ou é só você?". Ha, isso parece mais com uma cantada brega. Argh. Essas nunca funcionam. Ou funcionam? E, na verdade, eu não sou um "contador de piada". Meu tipo de comédia é muito mais sobre ouvir e reagir — acho que sou uma pessoa naturalmente pateta.

Sim, já vi Skyfall duas vezes no cinema. E, me desculpe, mas, sim, estou rindo do fato de que você foi assistir a turnê de American Idol, mas fico feliz que tenha se divertido. :) Como foi o seu feriado de Ação de Graças?

Sorrindo, Annie imediatamente respondeu. Esse cara parecia doce e engraçado, e gostava de James Bond, o que era muito positivo para ela.

De: Annie Chang
Assunto: Haha
Data: 24 de novembro de 2012 17:25
Para: Danny Jensen

Ha, eu não tinha percebido isso... Danny e Annie. Você é bem engraçadinho, né? :) Moro no Valley no momento, apesar de ainda estar pensando se quero me mudar para mais perto do trabalho. O escritório de advocacia não é o melhor emprego do mundo — é meio chato, na verdade, mas paga as contas. Uau, FAO Schwarz, hein? Deve ter sido um emprego divertido. Eu costumava amar aquela loja, quando era criança. Um dos meus filmes favoritos é o Quero ser grande, com Tom Hanks — aquela cena dele no piano gigante com o coroa é demais. Parece que você e seus amigos se divertem bastante. Eu escrevi um musical quando estava no ensino médio, mas era muito tosco, rsrs. Não tinha nem partitura. Só escrevi as letras e a música estava dentro da minha cabeça.

Cantada brega... Sim, um pouco. Ação de Graças foi bom... sem brigas eclodindo no jantar em família, e minha mãe não queimou o Peru. Como foi o seu?

Quando ela mandou o e-mail, abriu um sorriso. Talvez namoro online não fosse tão ruim, no fim das contas.

Capitulo 2

Com um bocejo, Annie levantou da cama, na segunda-feira de manhã, fazendo uma pausa para desligar o despertador antes de ir cambaleando até a cozinha. Como de costume, ela já tinha deixado a máquina de café preparada e programada na noite anterior. Tudo o que tinha que fazer era apertar um botão e a máquina despertava para a vida.

— Oh, meu Deus, o que eu faria sem cafeína? — ela resmungou para si mesma ao abrir a máquina de lavar louça para pegar uma caneca limpa.

Enquanto o café passava, ela foi para o banheiro e ligou o chuveiro. Sempre teve esse costume de tomar banho logo de manhã. Caso contrário, sentia-se nojenta e não funcionava corretamente. Tirando a roupa, ela pôs a mão sob a água para verificar a temperatura. Satisfeita por estar quente o suficiente, entrou no box e fechou a cortina.

Fechando os olhos, inclinou a cabeça para trás e cantarolou com prazer, a água morna descendo em cascata, num fluxo constante. E assim ficou lá por vários minutos, apenas olhando para o azulejo branco, tentando relaxar. Como de costume, já estava começando a se estressar, pensando em tudo o que precisava fazer naquele dia, antes mesmo de sequer sair para o trabalho.

Frustrada, puxou a esponja rosa, que ficava pendurada no registro, e esguichou uma pequena quantidade de sabonete líquido perfumado com aroma de laranja e jasmim. Ela tentou clarear a mente, fazendo espuma e ensaboando todo o corpo, em seguida, se enxaguou.

Depois de lavar e enxaguar o cabelo com seu xampu e condicionador favoritos de capím-limão, Annie desligou o chuveiro e abriu a cortina do box. Ao pisar no tapete, pegou a toalha e começou a se secar.

— Ahhh, muito melhor. — Ela suspirou de contentamento ao vestir o roupão macio e amarrou a faixa confortavelmente em volta da cintura. Indo até o quarto para começar a se arrumar para trabalho, Annie pensou sobre o anúncio na *Craigslist*, que tinha postado no sábado à noite.

Fins de semana sempre passam muito depressa; o domingo chegou e se foi num borrão. Passou tão rápido que ela nem se lembrou de verificar seu e-mail. Tinha levantado cedo para ir à academia antes de seu encontro mensal com a mãe, para um *brunch*. Nessas ocasiões, a mãe dela geralmente iniciava a conversa com um sermão, dizendo que Annie precisava encontrar um cara antes que os óvulos dela secassem. Ela questionou o que Annie vinha comendo ultimamente e perguntou se estava tomando alguma vitamina.

Depois de deixar a mãe em casa, Annie foi ao mercado comprar os mantimentos necessários para fazer o jantar daquela noite e o almoço da semana. Alex apareceu por volta das cinco para a noite semanal de jantar, sobremesa e filme, que eles sempre faziam juntos, e contou tudo sobre o seu encontro fabulosamente sexy.

Querendo saber se Danny tinha respondido, ela fez uma parada rápida na cozinha para encher uma xícara de café antes de sentar no sofá e ligar o laptop para verificar se havia algum e-mail novo. Decepcionada ao ver que sua caixa de entrada estava vazia, ela começou a se atormentar tentando adivinhar por que ele ainda não tinha respondido. Talvez não tivesse gostado de ser chamado de engraçadinho, ou, ainda, poderia ter se sentido entediado com sua resposta. Enquanto lutava com sua paranoia, Annie finalmente reconheceu que havia sempre uma possibilidade de ele ainda não ter tido a chance de responder. Frustrada, fechou o laptop e suspirou. Ela poderia ficar ali sentada, especulando o dia todo, mas precisava começar a se vestir para o trabalho ou iria se atrasar.

Ao chegar no escritório, ela parou na cozinha para colocar o almoço na geladeira e resolveu fazer um chá quente antes de iniciar seu dia. Quando mergulhou o saquinho de chá na caneca, Alison, uma das mais novas secretárias jurídicas, parou para conversar sobre a festa de Natal da empresa.

Era o primeiro ano que Annie participaria, mas Alison estava na empresa há mais tempo e tinha participado na do ano anterior, então ela sabia que eles costumavam fazer uma grande festa. Desta vez, a festa seria no salão de baile no *Millennium Biltmore Hotel*, no centro de Los Angeles, e, como Annie não tinha nada adequado para usar no evento formal e Alison queria um vestido novo, elas fizeram planos para irem às compras juntas.

Após sentar-se na sua mesa de trabalho, ela ligou o computador e o esperou iniciar, para então poder começar a trabalhar nos relatórios mensais. Totalmente absorvida por sua tarefa, já era quase meio-dia quando olhou para o relógio novamente. Não estava com muita fome, por isso decidiu tentar escrever um novo anúncio, durante a hora de almoço. Agora que ela viu o tipo de respostas que seu primeiro anúncio trouxe, pensou que não seria ruim tentar novamente e postar algo diferente.

Se eu ouvir Puccini quando nos beijarmos... — 25 anos

Eu sei, sou uma romântica incurável, mas acho que ainda sou o tipo de garota que espera encontrar o cara certo, o único que vai realmente me entender. O tipo de cara que respeita as mulheres e prova que o cavalheirismo não é uma coisa do passado. Você sabe, o tipo que abre as portas e liga para um restaurante para fazer uma reserva para o jantar, de vez em quando, porque ele é um cara atencioso. Alguém que aprecia as coisas que eu gosto e se certifica de que eu esteja bem. Eu adoro fazer coisas boas para as pessoas, gosto de fazê-las se sentirem especiais, por isso espero que ele seja assim, como eu. Apesar de acreditar que a aparência não é tudo, com certeza deve haver química entre nós. E quando finalmente nos beijarmos pela primeira vez, eu quero ouvir Puccini na minha cabeça. Que tosco, você provavelmente está pensando. Mas, se existe esse tipo de cara por aí, talvez ele veja este anúncio.

Mas sei que esse é um requisito difícil para alguém preencher e eu nem falei sobre mim. Bem, para começar, tenho um emprego estável e alguns dos melhores amigos do mundo. Sou bonita, segundo minha família, e eles todos vivem aqui no Sul da Califórnia. Tenho aproximadamente 1,73m, cabelos longos castanhos e sou bastante atlética, mas tenho curvas — não sou um varapau. Joguei voleibol e praticava corrida durante o ensino médio. Sou descendente de escandinavos e asiáticos, mas acho que puxei mais ao lado asiático da família. Adoro ser ativa e desfrutar de caminhadas, canoagem, natação e até mesmo praticar surf, de vez em quando. Também gosto de fazer coisas em casa, como cozinhar, assistir TV e filmes e jogar videogames. Adoro atividades em grupo, como noites de jogos de tabuleiro, boliche, dança, karaokê. Sou nova nessa coisa de namoro online, mas acho que não custa tentar.

Se você estiver interessado, tiver entre vinte e trinta anos, for um pouco mais alto do que eu, livre de doenças e razoavelmente equilibrado, sinta-se à vontade para me contactar.

Por favor, não mande fotos de você nu (isso inclui fotos em que você possa estar seminu, segurando seu equipamento). Se ninguém te disse, entenda como um conselho: isso não é legal. Por favor, não envie uma mensagem padrão ou algo que você já copiou e colou para vinte outras mulheres. Eu dediquei meu tempo para escrever isso, então, acho justo que você também dedique algum tempo para escrever uma resposta verdadeira. E você tem mais chance de conseguir uma resposta minha se me enviar uma foto recente. Se achar que podemos ser compatíveis, eu retorno. Se não, não leve para o lado pessoal.

Voltando ao início do texto, ela revisou o anúncio e o postou. Agora, ela só precisava acessar seu e-mail para confirmar a postagem, para que o anúncio fosse publicado. Desta vez, em poucos minutos, algumas respostas aparecem em sua caixa de entrada. Aparentemente, algumas pessoas não devem saber ler, porque suas primeiras respostas foram mensagens ctrl c + ctrl v ou um e-mail curto, sem foto anexada. Ela estava dando aos e-mails curtos o benefício da dúvida, lendo as mensagens rapidamente.

De: Brian Anderson
Assunto: Você é real?
Data: 26 de novembro de 2012 12:35
Para: vbr2f-3467349879@pers.craigslist.org

Você parece muito interessante e alguém que, eu acho, combinaria comigo. Acabei de me mudar para a Califórnia e estou querendo conhecer pessoas novas. Sou solteiro, branco, tenho um metro e oitenta e cinco e também sou atlético. Joguei futebol e hóquei na faculdade e ainda costumo jogar. Por favor, me responda se você realmente existir, pois adoraria conhecê-la melhor. Espero sua resposta!

Brian

Por um breve momento, ela sentiu-se irritada com a falta de fotos. Então, deu de ombros e decidiu que ela, pelo menos, poderia confirmar que era uma pessoa real e que esperava que ele enviasse uma foto. Ela não podia culpar o cara por querer se certificar de que ela estava falando sério, antes de fazer isso.

De: Annie Chang
Assunto: Totalmente real
Data: 26 de novembro de 2012 12:40
Para: Brian Anderson

Oi, Brian,

Sim, eu sou uma pessoa de verdade. Bem-vindo à Califórnia. O que você está achando daqui, até agora, e de onde você é? Eu sempre vivi aqui e amo a cidade. Não entendo muito de futebol e hóquei, mas gosto de praticar esportes. Joguei vôlei durante seis anos, tive uma breve passagem na equipe de basquetebol feminino, no ensino médio. E fui corredora por alguns anos também.

Depois de enviar o e-mail, ela excluiu todas as mensagens que não eram interessantes e abriu um novo e-mail que chegou em sua caixa de entrada. Era uma mensagem curta de um cara que não disse muito sobre o que gostava, só dizia que eles pareciam ter algumas coisas em comum e, realmente, não gostava de mulheres com grandes egos. Ele enviou o e-mail junto com uma foto totalmente aleatória, em que ele estava nadando num lago. Seu endereço de e-mail era genérico e não mencionava nada sobre si, nem mesmo nome, idade ou altura. Ela excluiu essa mensagem também e depois ficou ali sentada por um tempo, olhando para sua caixa de entrada, enquanto esperava outro e-mail aparecer. Brian não decepcionou. Em pouco mais de um minuto, recebeu uma resposta dele.

De: Brian Anderson
Assunto: Checando
Data: 26 de novembro de 2012 12:45
Para: Annie Chang

Oi, Annie,

Desculpa, só quero ter certeza. Tem muita gente safada por aí, de olho no número do meu cartão de crédito. Até agora, estou gostando da Califórnia. Tem muita gente e o clima é quente. Sou de Minnesota. E quanto a você? Você parece ser uma garota atlética. Do que mais você gosta?

Frustrantemente, não havia ainda nenhuma foto anexada e Annie não queria ser a primeira a enviar a foto antes de descobrir como ele se parecia. Dois podem jogar este jogo.

De: Annie Chang
Assunto: O que eu gosto de fazer
Data: 26 de novembro de 2012 12:50
Para: Brian Anderson

Tenha certeza de que não quero o número do seu cartão de crédito. O que te fez decidir mudar para a costa oeste? Nunca fui à Minnesota, sacou? Haha, desculpa, não resisti a brincar com a gíria de vocês. :P

Hum... Eu gosto de longas caminhadas na praia, à luz do luar. :) Mas realmente, quando não estou trabalhando, eu geralmente saio com meus amigos ou, às vezes, você pode me encontrar colada ao meu Xbox. Também costumo frequentar o Commerce Casino para jogar Texas Hold'em, apesar de não ter ido lá desde o ano passado. Ocasionalmente, vou a Las Vegas passar o fim de semana, mas só tive coragem de jogar pôquer lá algumas vezes.

Gosto de cozinhar e considero minhas habilidades culinárias um pouco acima da média. E, de vez em quando, você pode me encontrar cantando em vários bares de karaokê, em Los Angeles. E quanto a você?

Sua próxima resposta veio tão rápido quanto a primeira, mas, mais uma vez, sem nenhuma foto anexada. Ela olhou para o relógio e viu que sua hora de almoço estava quase no fim. Rapidamente, verificou o e-mail, pensando se teria chance de responder antes de voltar a trabalhar.

De: Brian Anderson
Assunto: Você parece legal
Data: 26 de novembro de 2012 12:55
Para: Annie Chang

Haha, eu sei, eu só estava brincando. Me mudei para cá a trabalho. Sou gerente de construção, então, quis tentar algo um pouco diferente, em outro Estado.

Jogadora de Xbox, hein? Eu gosto de jogar videogame também, mas nunca consigo encontrar tempo para jogar. Quando eu jogo, é geralmente ncaa Football ou algo do gênero. Quanto ao Texas Hold'em, eu gosto de jogar, mas não sou muito bom. Tenho certeza de que você poderia me dar uma surra. Adoro Las Vegas e tento ir, pelo menos, uma vez ao ano, para o torneio de basquete com um grupo de amigos. Los Angeles é tão pertinho de lá que tenho certeza de que irei mais frequentemente agora que moro aqui. Temos que ir! lol

Gosto de praticar esportes e assisti-los. Estou aberto para praticamente tudo e vou tentar qualquer coisa, sabe? Me avise se você estiver livre em algum momento. Podíamos tomar um drinque ou algo assim? Você parece ser uma garota legal. Espero sua resposta.

P.S. Nós nem ao menos soamos assim. :)

Sorrindo consigo mesma, ela escreveu uma resposta curta, ainda sem enviar uma foto. Ela não queria enviar primeiro. Caso ele não enviasse, ela teria que tomar a iniciativa ou passar para outro "candidato". Bom, de todo jeito, ela precisava voltar a trabalhar e terminar os relatórios, antes que o chefe viesse pedir.

De: Annie Chang
Assunto: Preciso de mais tempo
Data: 26 de novembro de 2012 13:00
Para: Brian Anderson

Oh, entendo. Hum, trabalhador da construção civil, hein? Gosta de trabalhar com as mãos? ;-) Sim, eu também gosto de assistir aos jogos, de vez em quando. Quanto ao videogame, bem, gosto de alguns daqueles jogos de dança que posso jogar com o Kinect.

Pensarei sobre a bebida. Ainda estou um pouco desconfiada com essa coisa toda de namoro online. Eu me sentiria mais confortável se pudesse conhecê-lo um pouco mais, por e-mail. Ainda nem sei como você é fisicamente. Só dizendo...☺

Ela minimizou a tela do e-mail e voltou para a planilha, continuando a trabalhar em seus relatórios. Poucos minutos depois, ouviu o ding de sua caixa de entrada, avisando que tinha um novo e-mail.

De: Brian Anderson
Assunto: Sem pressão
Data: 26 de novembro de 2012 13:08
Para: Annie Chang

Não, eu realmente não trabalho com as mãos. Bem, às vezes é necessário. Gerencio e organizo o trabalho até que os operários consigam fazer os alicerces da obra, etc. Não se preocupe com a bebida. Eu entendo. Podemos, com certeza, trocar e-mails por um tempo e nos conhecer melhor e, quem sabe, um dia sairmos juntos?

Também estou curioso para saber como você é. Fico tentando associar um rosto às suas palavras. Se você quiser, posso te mandar uma foto. Nada esquisito. Não gosto disso. Só estou querendo conhecer pessoas da região, já que me mudei há pouco tempo.

De: Annie Chang
Assunto: Essa sou eu
Data: 26 de novembro de 2012 13:11
Para: Brian Anderson

Oh, sim... bem, bem, então, envio primeiro. Nada esquisito aqui também. :)

Ela anexou a foto e apertou *"enviar"*. Cinco minutos depois, ele respondeu.

De: Brian Anderson
Assunto: Gosto do que vejo
Data: 26 de novembro de 2012 13:16
Para: Annie Chang

Uau, você é muito atraente. :) Esse sou eu, o cara da direita. Haha. Não gosto muito de tirar fotos, por isso não tenho muitas. O rapazinho comigo é meu sobrinho, Jacob.

Ele tinha porte médio, usava camiseta e um boné, e tinha um sorriso bonito, mas os dentes eram ligeiramente tortos. Parecia ter cerca de trinta anos e um adorável garotinho com o cabelo loiro estava sentado em seu colo. Annie sentiu um leve desapontamento: ele, definitivamente, não era o tipo dela.

Enquanto Annie pensava se deveria responder a Brian, um novo e-mail de Danny, o comediante, chegou. Ela quase o tinha esquecido, já que não se falavam há dois dias e o último e-mail foi dela. Ele enviou uma mensagem curta. Tudo o que ele disse foi *"Como você está, nesta tarde chuvosa?"*. Ela nem se preocupou em responder, já que não estava muito entusiasmada. Ele tinha demorado muito tempo para retornar. *Camarão que dorme a onda leva.* Antes que ela conseguisse voltar a trabalhar em seu relatório, chegou outro e-mail de Brian.

```
De: Brian Anderson
Assunto: Eu realmente gostei do que vi
Data: 26 de novembro de 2012 13:22
Para: Annie Chang
```

Desculpe, eu deveria ter dito que você é linda, e não atraente. Não foi cortês. Não sou muito bom nisso.

Oh, meu Pai. Neste ritmo, ela nunca conseguiria terminar. Pensou por um minuto, antes de responder. Sem querer parecer uma garota fácil, ela não sabia o que responder, sem ofendê-lo, mas sem dar mole.

```
De: Annie Chang
Assunto: Obrigada
Data: 26 de novembro de 2012 13:24
Para: Brian Anderson
```

Desculpe, eu estava numa ligação. Obrigada pelo elogio. Seu sobrinho é adorável. :) Você também não é nada mal. Posso perguntar quantos anos você tem?

De: Brian Anderson
Assunto: Idade não é nada além de um número
Data: 26 de novembro de 2012 13:25
Para: Annie Chang

Não se preocupe! Sim, todo mundo acha que ele é muito fofo. Essa não é a minha melhor foto, assim, com os dentes de fora. Tenho trinta e um... espero que isso não seja um impedimento...

Trinta e um não era exatamente velho, não era sua faixa de preferência, mas não a desagradava totalmente. Mas como ela poderia explicar gentilmente que não havia qualquer química entre eles?

De: Annie Chang
Assunto: De volta ao trabalho
Data: 26 de novembro de 2012 13:28
Para: Brian Anderson

Não é uma foto ruim e não, sua idade não é um impedimento. Mas, olha, tenho que voltar ao trabalho. Preciso terminar meu relatório mensal, ou meu chefe vai me esfolar viva se eu não entregar no prazo. Foi bom conversar com você. Espero que tenha uma ótima tarde.

Foi o melhor que Annie poderia fazer para não desiludir o cara, e ela percebeu que ele pegou a dica quando não respondeu novamente. Sem mais interesse em suas perspectivas atuais, ela conseguiu se concentrar em seu trabalho pelo restante do dia. Às quatro horas, enviou os relatórios ao chefe e suspirou de alívio. A tarefa que mais temia tinha sido concluída com sucesso. Por mais um mês.

Capítulo 3

Enrolada com a fechadura da porta de casa até que, finalmente, conseguiu abrir, Annie suspirou de alívio. Era bom estar em casa depois de um dia de trabalho. Ela deixou a bolsa cair na poltrona e se jogou no sofá, caindo de frente com um gemido. Ficou deitada por alguns minutos, tentando relaxar e deixar o stress do dia desaparecer. Como de costume, não conseguia fazer sua cabeça parar de pensar.

Annie resolveu ir até o quarto trocar a roupa de trabalho por um top e short. Apesar de estar no final de novembro, o dia tinha sido muito quente, com a temperatura beirando os trinta graus, e parecia que não iria refrescar tão cedo.

Com sede, ela pegou um copo do armário e uma jarra de limonada da geladeira. Depois de encher, o levou aos lábios e bebeu o maravilhoso e refrescante suco cítrico. Então, encheu o copo mais uma vez e recolocou a jarra na geladeira.

Vagando até a sala de estar, colocou o copo sobre a mesa de centro, sentou no sofá novamente e pegou o laptop. Ela tentaria, mais uma vez, escrever um anúncio decente, para que conseguisse respostas melhores; estalando os dedos, ela parou por um momento para pensar e, então, começou a digitar.

Uma mulher real à procura de um cara de verdade

Alta, atlética, vinte e cinco anos, cabelos e olhos castanhos, etnia mista e muito amigável... Essas são características interessantes para você, não? Mas e você? Você também é jovem, tem até trinta anos, pelo menos um metro e oitenta, para que eu possa usar meu salto alto ao seu lado e ainda parecer um pouco mais baixa?

Eu sou nova nessa coisa de namoro online — ainda acho que o ideal é conhecer alguém pessoalmente. Mas estou disposta a trocar e-mails com alguém, durante algum tempo, para então, quem sabe, o encontrar pessoalmente. Sei que não vou encontrar aqui o homem dos meus sonhos, aquele "alguém" que vai ficar comigo para o resto da minha vida. Mas seria legal ter a chance de conhecer alguém com quem eu tivesse "química". Gosto de caras equilibrados, espontâneos e que goste de fazer atividades ao ar livre, mas também curta ficar em casa. Me envie sua foto e conte um pouco sobre você e o que está procurando. Se você for criativo, ganha pontos extras! ☺

Depois que terminou de rever o texto e publicou o anúncio, sua barriga roncou e Annie decidiu começar a preparar o jantar. Ela estava louca para comer frango ao curry há tempos, então decidiu fazer. Parando no caminho para colocar sobre a bancada o celular, ela aproveitou e ligou o aparelho de som para ouvir música enquanto cozinhava.

A voz sensual da Adele começou a cantar, enquanto ela tirava peito de frango, batatas, cenouras e uma cebola da geladeira. Indo até a despensa, pegou o curry e uma lata de leite de coco e, então, começou a preparar a comida. Cantando as músicas das quais sabia a letra, Annie picou os legumes, colocou-os na panela e os levou ao fogo.

Colocando algumas colheres de sopa de curry e um pouco de óleo de soja, começou a mexer os ingredientes que estavam no fogo. Então, acrescentou o frango, o leite de coco e, em seguida, um pouco de água e os legumes picados. Ela deixou a panela no fogo, para ferver, e resolveu voltar para o computador e verificar os e-mails, feliz por encontrar mensagens esperando por ela. Clicando na primeira, sorriu ao ver a foto de um cara realmente bonito, com o peito nu e algumas tatuagens, numa praia. Ele usava um boné de beisebol preto, uma corrente de prata e tinha um sorriso sexy.

De: Gabe Thomas
Assunto: Nascido e criado em LA
Data: 26 de novembro de 2012 18:35
Para: vbr2f-3564379734@pers.craigslist.org

Oi! Tenho 25 anos. Sou nascido e criado em L.A. e tenho dez tatuagens. Definitivamente, sou bem mais alto do que você. Tenho 1,96m. Estou solteiro há muito tempo, então estou indo devagar. Adoraria poder ser mais espontâneo e, simplesmente, entrar no carro e encontrá-la num hotel, perto da praia. Adoro boa comida e vivo procurando restaurantes interessantes escondidos por aí. Bom, sua vez! Me mande algumas fotos suas também, por favor.

Ela decidiu ignorar o comentário do hotel, por enquanto. Ele parecia ser fofo e ela adorou a aparência de *bad boy*. Hesitando apenas momentaneamente, ela começou a digitar a resposta.

De: Annie Chang
Assunto: Apaixonada por tatuagens
Data: 26 de novembro de 2012 18:55
Para: Gabe Thomas

Ei, Gabe,

Muito prazer. :) Meu nome é Annie e também nasci e cresci em Los Angeles. Tenho 1,73m e amei o fato de você ser tão alto. E também amo tatuagens. Sempre quis fazer uma, mas ainda não tive coragem. Saí de uma longa relação tumultuada, e só agora comecei a pensar em encontrar alguém. Não estou muito certa sobre essa coisa com a Craiglist... tenho encontrado um monte de gente esquisita por aqui. Sem ofensas! ☺ Com sorte, você talvez seja um dos poucos caras realmente legais por aqui. Adoro boa comida, seja para comer fora ou feita em casa. Você gosta de cozinhar?

Eu adoro atividades ao ar livre, como caminhadas, canoagem, vôlei, etc. Mas também adoro ficar na intimidade da minha casa, assistindo filmes, jogando videogame e cozinhando. Qual é a sua ideia de um primeiro encontro perfeito? Segue minha foto em anexo.

Em seguida, olhou por alto as outras mensagens, mas ninguém mais parecia tão interessante quanto Gabe. Voltando para a cozinha, espetou as batatas com um garfo, para verificar se estavam macias. Precisavam cozinhar um pouco mais, então ela mexeu o conteúdo da panela, misturando o curry e deixou no fogo para ferver um pouco mais.

Resolveu fazer um pouco de arroz, então mediu dois copos de arroz na panela elétrica, adicionou água, tampou e pressionou o botão de ligar. Ao olhar para o micro-ondas, viu que já eram quase sete da noite. Pegando o celular de cima da bancada, mandou uma mensagem para Alex.

Annie: Olá, querido. Acho que eu, finalmente, encontrei algo interessante no Craigslist. Um gato tatuado me escreveu esta noite.

Alex não demorou muito para responder.

Alex: Quero ver! Manda a foto!

Annie encaminhou a ele a foto do gato tatuado.

Alex: Uau, nada mal, querida. Nada mal mesmo. Você vai se encontrar com ele?

Annie: Não sei, ainda. Só trocamos dois e-mails. Vamos ver depois de mais alguns. ;)

Alex: Mantenha-me informado.

Annie: Oh, confie em mim, eu vou.

Ela colocou o celular na bancada novamente e foi desligar o fogo.

Colocando a panela em cima da pia, para esfriar um pouco, correu de volta para o laptop, para checar se Gabe havia respondido. E tinha!

De: Gabe Thomas
Assunto: Preciso de um copiloto
Data: 26 de novembro de 2012 19:10
Para: Annie Chang

Ser alto é ótimo para ambos os lados. ;) Adoro o ar livre, mas sei que dá para fazer um monte de coisas legais em casa também. Sinto que preciso de um copiloto, sabe? Estou solteiro há um ano e meio, então estou na mesma vibe que você. Se eu sei cozinhar? Gosto de pensar que sim. Estou testando uma nova receita de salmão, esta noite. Você está perdendo.

Nunca pensei em como seria o meu encontro ideal. Gosto de conduzir as coisas conforme vão acontecendo. O Craiglist tem, definitivamente, alguns malucos. Mas não me sinto confortável em me inscrever num site de namoro. Acho estranho. Então, resolvi arriscar por aqui e ver no que dava.

Para ser honesto, adoro carinhos no sofá, enquanto assisto a uma partida dos Lakers ou a um filme. Gosto de coisas simples.

Quando saio, gosto de fazer coisas divertidas também. Mas o que eu mais gosto é comer bem. Bom, fale mais sobre você e me mande mais fotos suas. Adorei o que vi até agora. ;)

De: Annie Chang
Assunto: Eu poderia ser seu copiloto
Data: 26 de novembro de 2012 19:15
Para: Gabe Thomas

Mmmm, adoro salmão. Gosto de salmão grelhado, com o molho de Teriyaki do Sr. Yoshida. Nham! :) Estou fazendo frango ao curry essa noite. O cheiro está ótimo — estou louca para experimentar.

Gostei da ideia de ser seu copiloto. Eu assisti a alguns dos jogos dos Lakers nesta temporada. Eles tiveram um começo muito difícil. O que você acha do novo treinador, D'Antoni? Meu melhor amigo é um grande fã e jurou que essa seria a melhor temporada do time, mas já perderam vários jogos, lol. Então, só para irritá-lo, estou torcendo para o Clippers este ano. Hahaha.

Eu também gosto das coisas simples da vida. Estou enviando outra foto, tirada recentemente, na festa de uns amigos. Posso ver outra foto sua? Também gostei do que vi até agora. ;)

Annie saiu em disparada para a cozinha, para pegar um pouco de arroz e frango ao curry, e correu de volta para o laptop, colocando um pouco da comida na boca, após se sentar no sofá. Ela ficou um pouco tonta, quando viu que tinha outro e-mail dele e não conseguia parar de sorrir como uma idiota. Mas sua excitação rapidamente transformou-se em cautela, quando leu a breve mensagem. Ele tinha enviado o telefone dele e pediu o dela, dizendo que era mais fácil enviar mensagem de texto do que e-mail.

De: Annie Chang
Assunto: Ainda não
Data: 26 de novembro de 2012 19:20
Para: Gabe Thomas

Humm, desculpe, mas ainda não me sinto pronta para trocar telefones. Tudo bem se continuarmos por e-mail, por enquanto?

De: Gabe Thomas
Assunto: Sem pressa
Data: 26 de novembro de 2012 19:22
Para: Annie Chang

Sim, com certeza. Definitivamente, não estou com pressa. :) Posso receber mais algumas fotos?

Ela não se importava de mandar mais fotos, já que ele estava retornando o favor. Anexou uma foto dela com Teresa, uma de suas amigas, parecendo linda e sexy numa boate, em Las Vegas.

De: Annie Chang
Assunto: Outra foto
Data: 26 de novembro de 2012 19:25
Para: Gabe Thomas

Claro. :) Eu tenho que admitir, você é muito bonito. Como ficou seu salmão?

De: Gabe Thomas
Assunto: Pernas longas
Data: 26 de novembro de 2012 19:29
Para: Annie Chang

Você é muito bonita, mas eu quero ver todo o seu 1,73m. :) Tenho uma coisa com pernas femininas. Já estou gostando dessa nossa "conexão". O salmão estava ótimo. Você devia ter provado! Ah! Srta. fã do Clipper, seria divertido assistirmos a um jogo juntos. Ok, mais foto como pagamento pela sua ;) Nesta, eu estou com Kobe Bryant, armador dos Lakers.

De: Gabe Thomas
Assunto: Boa noite
Data: 26 de novembro de 2012 19:35
Para: Annie Chang

Foi um prazer falar com você. Mas preciso tentar e conseguir dormir. Já estou ansioso para conversarmos mais. Vamos continuar de onde paramos hoje. Bons sonhos, menina bonita.

De: Annie Chang
Assunto: Fotos de corpo inteiro
Data: 26 de novembro de 2012 20:38
Para: Gabe Thomas

Ok. Então, você trabalha para os Lakers ou algo assim? Não

bastava estar usando uma camisa dos Lakers na foto? Tinha que mandar uma em que você está com Kobe? Rsrs

Eu não tenho muitas fotos de corpo inteiro, mas estou enviando uma em que você consegue ver as minhas pernas. Hehehe ;)

Foi um prazer te conhecer um pouco, esta noite. Voltamos a nos falar depois.

Ela mandou uma foto em que estava sentada de pernas cruzadas, com Katie, uma outra amiga, usando trajes de banho para uma sessão de fotos. Bocejando, ela esticou os braços, espreguiçando-se e levou seu prato para a cozinha para enxaguá-lo e colocá-lo na máquina de lavar. Estava ficando tarde e ela estava exausta. Cair na cama parecia realmente bom, mas decidiu retornar ao laptop para verificar sua caixa de entrada mais uma vez, caso ele tivesse respondido. E, para o seu deleite, tinha. Rapidamente abriu o e-mail e leu a resposta.

De: Gabe Thomas
Assunto: UAU
Data: 26 de novembro de 2012 20:43
Para: Annie Chang

Trabalho num acampamento de verão, treinando crianças, desde os dezessete anos. Então, tenho que conhecer os jogadores e treinadores. Nossa, essas fotos! Nossa... Uau! Você é linda. E as pernas são perfeitas, hahaha. :) Estou me divertindo com essa nossa troca de fotos. Então, o que você faz? É modelo? É mesmo você na foto com a outra garota? Você está simplesmente maravilhosa. Aqui vai mais uma foto. Nessa, estou num jogo do Clipper (não sou o cara careca). ;)

Havia outra foto dele anexada ao e-mail. Ele estava sentado na arquibancada no que parecia ser um lugar excelente no Staples Center, assistindo a um jogo dos Clippers com o rosto virado para a câmera. Havia um senhor mais velho careca sentado em frente a ele, mas ele estava de frente para a quadra.

Annie sentiu um formigamento na barriga e ficou ali olhando a foto por alguns momentos. Ela estava começando a sentir como se realmente pudesse se imaginar com esse cara, e se sentia um pouco insegura e vulnerável por não ter certeza se ele iria gostar dela da mesma forma, caso se encontrassem pessoalmente. Não que ela não se sentisse confiante a respeito de sua aparência e personalidade, mas nunca tem como saber se daria certo com alguém, até ter passado algum tempo juntos, cara a cara. Aliás, ele poderia vir a ser uma enorme decepção e ela poderia não gostar dele também. Ela detestava alimentar demais suas esperanças, e então tê-las esmagadas se as coisas não dessem certo.

De: Annie Chang
Assunto: Fazendo pose
Data: 26 de novembro de 2012 20:48
Para: Gabe Thomas

O senhor não disse que ia para a cama?! :) Trabalho em tempo integral num escritório de advocacia fazendo trabalhos administrativos, mas fiz um pouquinho de modelagem por um tempo. Sim, sou eu com a outra garota — estou à direita e a minha amiga Katie, à esquerda. Era, na verdade, sua sessão de fotos e a outra garota que deveria estar com ela cancelou de última hora, então Katie me ligou, em pânico, e, felizmente, eu tinha talento para ocupar a vaga da outra modelo. Que legal que você treina crianças num acampamento de verão. E o que você faz quando não estamos no verão?

De: Gabe Thomas
Assunto: Viagens
Data: 26 de novembro de 2012 20:54
Para: Annie Chang

Ehh, eu preferi ficar acordado e enviar um e-mail para você. Fico esperando ansiosamente pelo seu próximo e-mail, hehe. Então, você é modelo profissional, hein? Isso é muito legal. Me divirto com as crianças no acampamento de basquete — faço isso porque gosto de treinar e as crianças são realmente legais e impressionantes. Elas me fazem rir. Durante o ano, eu trabalho com imóveis, em tempo integral. Estou geralmente à procura de investimentos ou verificando minhas propriedades. A coisa boa é que me deixa com uma agenda aberta, então, se eu quiser ir para Nova York ou Havaí ou em qualquer outro lugar por uma semana, eu posso. Quero viajar mais. Já estive em trinta dos trinta e cinco estados, além de Espanha, Paris, Israel... viajar é divertido. Como é o seu horário? Que bairro você mora, se me permite perguntar de uma forma totalmente não ameaçadora, não querendo parecer um perseguidor? ;) Hahaha, agora é com você, minha nova amiga modelo, também conhecida como amiga de advogada.

Sentindo-se como uma adolescente apaixonada, ela não conseguiu segurar a risada e começou a escrever de volta para ele. Ela se imaginou viajando com ele e estremeceu com as imagens que o pensamento trouxe à sua mente. Ele era muito alto, parecia que poderia facilmente pegá-la no colo e levá-la por aí, o que a deixaria muito feliz.

De: Annie Chang
Assunto: Viajar é divertido
Data: 26 de novembro de 2012 21:00
Para: Gabe Thomas

Não, não sou exatamente uma profissional. Eu nunca quis modelar de verdade, mas tive a chance de fazer alguns trabalhos. Acho muito legal você gostar de trabalhar com crianças. Vou considerar isso como uma confirmação de que você não é uma pessoa detestável. ;) Trabalho num escritório em tempo integral das nove às dezoito, de segunda à sexta, então, viajar não é tão fácil para mim. Além disso, meus bolsos não são tão profundos. hahahaha Mas concordo, viajar é muito divertido. Já viajei para alguns lugares... estive em vários estados, no lado oeste, incluindo o Havaí, e fiz um trabalho temporário voluntário num orfanato no México quando era adolescente. Também fui à Inglaterra algumas vezes e adorei, exceto pelo clima sombrio. Mas, na maioria das vezes, vou a Las Vegas ou São Francisco passar o fim de semana — são viagens mais acessíveis. :)

Hmm, não sei se devo dizer onde é a minha casa. ;) Mas posso dizer que moro no Valley no momento, mas venho pensando em me mudar para mais perto do trabalho, talvez para Mar Vista, na área de Palms.

Dando-lhe algum tempo para responder, ela voltou à cozinha para pegar o celular e mandou uma mensagem para Alex novamente, com uma atualização.

Annie: omg, Alex. Acho que estou apaixonada. Ou perdida em luxúria, de qualquer maneira.

Alex: Então quando vai encontrá-lo?

Annie: Ainda não sei. Nunca fiz isso antes. Estou tão nervosa.

Alex: Bem, você nunca vai conhecer alguém se ficar sentada na frente do computador.

Annie: Verdade. Eu estou pensando sobre isso, prometo...

Alex: Não espere demais. Homens são impacientes, acredite em mim.

Annie: Tá bom, tá bom... em breve, acho que o encontrarei muito em breve.

Alex: Me avise quando se decidir. Se te deixar mais segura, posso ir com você.

Annie: Fechado. Falo com você depois.

Ansiosa, ela retornou ao laptop e leu o novo e-mail. Gabe tinha acabado de enviar. Havia algo nele que ela não sabia explicar, mas o que quer que fosse, ela gostava... e muito.

De: Gabe Thomas
Tema: Viagem um dia?
Data: 26 de novembro de 2012 21:10
Para: Annie Chang

Que coincidência... Moro no Valley, mas estou procurando algo na área de Venice/Santa Monica, na área de Mar Vista, também. Tenho pesquisado, mas ainda não encontrei nada que me agradasse. São Francisco é bem legal — quantas vezes você esteve lá? Já não vou lá há, talvez uns dez anos ou mais.

O que você acha de, um dia, fazer uma viagem até San Diego? As praias são muito boas e faz alguns anos que não vou. Tenho me sentido aventureiro nas últimas semanas — como se quisesse que o fim de semana chegasse logo para poder dar uma escapada. Ah, e outra: sempre digo que quero ir acampar, mas nunca vou!

Ok, sem mais perguntas sobre onde você mora. Mas qual o seu restaurante favorito? Você sai para bares/clubes? E, se sua amiga é o modelo, por que você faz parecer que ela é a única que preenche os requisitos para isso? Você é muito linda, viu?

De: Annie Chang
Assunto: Comer bem no Valley
Data: 26 de novembro de 2012 21:15
Para: Gabe Thomas

Hahaha, você é mesmo um galanteador! Obrigada pelo elogio, mas eu prefiro usar o cérebro aos meus peitos e bunda para ganhar a vida. :) Sim, ainda não encontrei o lugar certo para me mudar. Bom, decidi que vou dar um pequeno salto de fé e revelar a você que eu moro na área de Tarzana/Encino/Reseda. Meu lugar favorito para tomar café da manhã é o More than Waffles, em Ventura, mas o meu preferido para comer e beber é provavelmente o Laurel Tavern em Studio City. E quanto a você?

Um dia de viagem para San Diego parece intrigante. Não tenho saído com muita frequência ultimamente, mas, de vez em quando, saio para dançar com minhas amigas. Você sabe dançar? ☺

De: Gabe Thomas
Assunto: Quero meu copiloto agora
Data: 26 de novembro de 2012 21:18
Para: Annie Chang

É óbvio que você está usando a cabeça, Srta. Trabalho Num Escritório Jurídico. Eu morei na mesma área que você. Obrigado por compartilhar. Admiro a sua postura e a paciência com essa coisa que começamos. Também não costumo sair para baladas. Às vezes, saio para tomar uma cerveja com os amigos, na Taberna Madbull, que fica localizado em Sherman Oaks, onde moro atualmente. Você mora com sua família? Bem, dançar, hum, hmmm, não. Mas, se eu estiver de bom humor, até tento. Espero que a gente se encontre em breve, para que eu possa conhecer minha copiloto. ;) ☺ <3

De: Annie Chang
Assunto: Conhecendo você
Data: 26 de novembro de 2012 21:22
Para: Gabe Thomas

Ah, não, você não sabe dançar? ;) Nunca fui ao Madbull, mas já ouvi falar bem pelos meus amigos que trabalham naquela área. Moro sozinha no momento, mas provavelmente terei que arranjar uma companheira de apartamento, se eu me mudar mais para o sul. Desculpe se sou superparanoica sobre essa coisa toda de namoro online. Já ouvi histórias de sucesso e de terror dos meus amigos, então só estou sendo cautelosa em dar muita informação muito cedo. Espero que você entenda. Mas estou gostando de te conhecer. ;)

De: Gabe Thomas
Assunto: Boa noite pra valer desta vez
Data: 26 de novembro de 2012 21:24
Para: Annie Chang

Eu concordo. Acho que mostra maturidade de sua parte — algo que muitas vezes não vemos por aí. Bem, agora estou ficando mesmo com sono, mas vou com certeza mandar mensagens pra você amanhã. Durma bem. Muito legal que você mora sozinha também. ;) Falo com você amanhã.

De: Annie Chang
Assunto: boa noite
Data: 26 de novembro de 2012 21:25
Para: Gabe Thomas

Sonhe com os anjos.

Annie não tinha ideia de como ia dormir agora. Tinha estado tão perto de desistir da ideia de arrumar um namorado num site de relacionamentos, mas agora ela ficaria na expectativa de que Gabe a escrevesse novamente. Droga, ela estava ansiosa para poder vê-lo cara a cara pela primeira vez. Se ele teve tanto efeito sobre ela antes mesmo de o conhecer, só podia imaginar que isso seria multiplicado por mil vezes quando se vissem pessoalmente.

Capitulo 4

Quando Annie acordou na manhã seguinte, a primeira coisa em sua mente era Gabe. O alarme tinha despertado, tirando-a de um sono agradável, mas, em vez de sentir-se cansada e irritada, ela abriu os olhos e se sentou em linha reta, desligou o alarme e saiu da cama em disparada para o laptop.

De: Gabe Thomas
Assunto: Bom dia, raio de sol
Data: 27 de novembro de 2012 06:35
Para: Annie Chang

Bom dia, linda. Espero que tenha dormido bem. Gostei muito de trocar e-mails com você ontem à noite e espero que a gente se conheça pessoalmente, em breve. Mas, novamente, sem pressão. Sei que você quer levar as coisas devagar, mas eu estaria mentindo se dissesse que não estou curioso. Vou ter um dia ocupado, mas quis mandar uma mensagem rápida e te desejar um dia muito agradável. Estou ansioso para trocar mais e-mails com você hoje à noite... e não vou reclamar se você me enviar mais algumas fotos suas, e, claro, de suas lindas pernas. ;)

Homens... tão típicos e previsíveis! Mas este homem típico e previsível era também muito atraente e já lhe causava borboletas no estômago. Ainda assim, ela queria manter um pouco do mistério, então decidiu não mandar mais nenhuma foto até que eles se encontrassem pessoalmente.

```
De: Annie Chang
Assunto: Um pouco de mistério
Data: 27 de novembro de 2012 07:04
Para: Gabe Thomas
```

Bom dia, lindo. Trocar e-mails com você ontem à noite foi muito divertido e estou ansiosa para conhecê-lo, quando for a hora certa. No entanto, quero deixar um pouco de mistério para você descobrir, então chega de fotos das minhas pernas por enquanto. Mas, talvez, apenas talvez, você consiga observá-las mais detalhadamente num futuro próximo. Até lá, use sua imaginação. ;)

Ela correu para se preparar para o trabalho e estava prestes a sair pela porta da frente, quando hesitou. Voltando ao laptop, mordeu o lábio numa discussão interna, até que cedeu e se inclinou para escrever um e-mail rápido para Gabe. Não vale a pena viver se você não estiver disposto a arriscar, de vez em quando. Clicando no botão "enviar", ela abriu um sorriso. Agora, ele tinha o número do celular dela, assim, a bola estava no campo dele.

Annie sabia que, provavelmente, chegaria alguns minutos atrasada, já que parou para enviar o e-mail. Mas, agora, poderia ansiar por mensagens de texto desse cara muito gostoso. Ela, rapidamente, leu o e-mail no qual ele mandou o número dele e o salvou na agenda de seu celular. Pegando a bolsa e a chave do carro, finalmente saiu de casa, com um enorme sorriso no rosto. Parecia que ela não tinha parado de sorrir desde que Gabe começou a lhe enviar e-mails.

O trabalho foi chato e sem incidentes, como sempre. A monotonia da sua manhã finalmente foi quebrada por volta onze, quando seu celular vibrou com uma mensagem de texto de Gabe.

Gabe: Oi, sou eu, Gabe... obrigado por me dar o seu número. O que você está aprontando agora?

Annie: De nada. ;) Trabalhando em uma pilha de novos arquivos.

Gabe: Ooh, parece interessante. Você vai sair logo para o almoço?

Annie: Em mais ou menos uma hora... por quê?

Gabe: Porque eu passei muito tempo tentando dormir, ontem à noite, imaginando o quão sexy seria a sua voz.

Annie: Oh, rsrs... bem, tenho que admitir, estava pensando o mesmo sobre você.

Gabe: Então posso te ligar durante o almoço?

Annie: Claro, eu adoraria... Dê-me alguns minutos, depois do meio-dia, pois assim tenho tempo para sair do escritório.

Gabe: Falo com você daqui a pouco.

Annie achou extremamente difícil se concentrar no trabalho durante a próxima hora, já que ficava olhando o relógio, mas finalmente o meio-dia chegou, então, ela pegou a bolsa e saiu em disparada em direção à porta. Quando saiu do escritório, caminhou rapidamente até seu carro, sentindo o coração disparado no peito. Como poderia se sentir tão animada e nervosa só por falar com alguém ao telefone, pela primeira vez? Ao abrir a porta de seu *Grand am* preto, engoliu em seco, sentou no banco do motorista, fechou a porta e abriu a janela; então, fechou os olhos e respirou profundamente o ar fresco antes de, lentamente, abri-los novamente e olhar para o celular na mão e ver as horas: 12:05h.

Ela ficou tentando se distrair até ele ligar, olhando o aplicativo do *UsWeekly*, em seu telefone, para verificar as últimas fofocas das celebridades. Parece que o atual namorado de Halle Berry tinha entrado numa briga com o ex dela, o que lhe deixou com um olho roxo; Charlie Sheen deu a Lindsay Lohan cem mil dólares para pagar sua dívida de imposto de renda; o ator Kevin Clash, que trabalhou como marionete do Elmo, da Vila

Sésamo, enfrentou sua terceira acusação por fazer sexo com menores de idade. Às vezes, ela se perguntava por que era tão viciada em tabloides.

De repente, seu celular vibrou e ela sorriu, respirando fundo, enquanto o dedo tremia antes de pressionar o botão de atender.

— Alô? — ela disse timidamente, esperando que sua voz não parecesse tão afobada quanto ela se sentia.

— Oi, é o Gabe... Annie?

Ela engoliu em seco e mal conseguiu murmurar uma resposta audível. Sua voz parecia tão sexy que seus joelhos fraquejaram; provavelmente, foi uma ótima decisão ter ficado sentada.

— Sim, sou eu, como vai você? — Por que ela fez essa pergunta tão genérica e por que estava se sentindo tão formal e afetada? Questionou-se, batendo mentalmente com a mão na testa.

— Ah, bem, ocupado... você sabe. Não posso reclamar. — Espere. Ele parecia tão nervoso quanto ela?

— Uau, essa ligação parece estranha pra você? — Annie revirou os olhos e rezou para que o chão a engolisse. Parecia que não tinha sido abençoada com um pingo de capacidade de tornar uma conversa casual, interessante. Ela estava ao telefone com um cara muito bonito e estava, rapidamente, fazendo tudo o que podia para ele perder o interesse.

— Você tem, sabia? — ela deixou escapar antes que se desse conta.

— Tenho o quê?

Hesitando brevemente, ela respondeu.

— Uma voz sexy.

Ele riu e ela sentiu os pelos da nuca se arrepiarem. Foi uma risada totalmente descontraída e divertida e imediatamente ela queria, mais do que qualquer coisa, ser a responsável por fazê-lo rir de novo. Algumas pessoas eram abençoadas com uma risada que poderia te aquecer como o calor de um fogão numa manhã fria de inverno.

— Ah, bem, obrigado. A sua é muito bonita. — Ela enrugou o nariz, já que esperava que ele fosse retribuir e lhe dizer que a voz dela era sexy e não bonita.

— Obrigada... Então, o que você vai fazer hoje?

— Bem, tenho uma *open house* à tarde e uma festa à noite.

— Oh, que legal.

— Você não gostaria de ir comigo?

A respiração de Annie ficou presa na garganta.

— Para a festa?

— É.

— Com você?

— Sim, comigo. Posso até te pegar, se você quiser.

Ela hesitou antes de responder. Tudo estava indo um pouco rápido demais, mas, ao mesmo tempo, ela não queria desperdiçar o resto de sua vida esperando que algo acontecesse.

— Umm, tá bom, eu vou, mas te encontro lá. Onde vai ser?

— Vanguard, é uma boate em Hollywood.

— Sim, eu conheço. Só não sabia que abria às terças-feiras.

— Não acho que abre, mas minha amiga alugou o lugar para uma festa privada de aniversário.

— Ah, legal. Que horas devo estar lá?

— Pretendo chegar por volta das dez.

— Ok, legal, obrigada pelo convite. Acho que nos encontramos lá, então.

— Querida, mal posso esperar. E Annie?

— Sim?

— Tenha um ótimo final de dia. — Ela sorriu.

— Obrigada, você também. Até mais tarde. — Annie pressionou o botão de desligar e ficou sentada um pouco mais no carro, apenas olhando para o telefone. Finalmente, ela olhou para cima e fez uma dancinha feliz ali mesmo. — Yuppiiii! Eu tenho um encontro, eu tenho um encontro.

— Parabéns — disse uma voz.

Ela estremeceu ao virar a cabeça e ver um cara extremamente sexy, com um boné vermelho virado para trás, sentado no banco do motorista do carro ao lado, sorrindo para ela. Ela tinha ficado tão focada no telefonema que nem tinha notado que ele estava ali. Envergonhada, Annie sentiu vontade de escorregar no banco do carro, até que ele não pudesse mais vê-la e esperar até que ele saísse do carro. Em vez disso, ela rapidamente fechou a janela, saiu do carro, bateu a porta e a trancou e, incisivamente, o ignorou ao começar a caminhar rapidamente de volta para o escritório.

— Ei! — Annie ouviu alguém gritar atrás dela e ficou pensando se deveria acelerar ou parar e virar. Com um suspiro frustrado, ela parou de andar e respirou fundo antes de virar. O cara do boné vermelho ficou parado, segurando um batom rosa, olhando para ela com aquele mesmo sorriso torto no rosto. — Você deixou cair ali atrás. Pensei que poderia querer de volta.

Com o rosto vermelho, ela pegou o batom e o colocou de volta na bolsa, balançando a cabeça secamente e resmungando um "obrigada", então deu meia volta e seguiu pelo saguão do prédio. Ela o ouviu rir novamente antes de a porta se fechar atrás dela, o que a enfureceu ainda mais.

Eram quase nove da noite e Annie ainda estava de pé na frente do espelho do banheiro, enrolada em uma toalha. O cabelo e a maquiagem já estavam prontos, ela só precisava se vestir e, então, estaria pronta para sair. Estava tão ansiosa, que resolveu sair cedo do trabalho e parou em um salão, a caminho de casa, para cortar o cabelo em camadas e fazer algumas mechas loiras. Ela teve sorte, pois o último cliente do seu cabeleireiro habitual tinha cancelado o horário, deixando-o livre para fazer o cabelo dela.

Em casa, tomou um banho rápido de esponja, certificando-se de depilar as pernas novamente. Só demorou alguns minutos para aplicar a maquiagem, usando tons de terra nos olhos, combinando com um gloss rosa claro. Ela pegou um par de meias de seda preta transparente, com renda na borda, e um espartilho com fio dental combinando. Após vestir a lingerie, pegou o vestido bege e preto, que lhe caía como uma luva e terminava no meio das coxas, e deslizou cuidadosamente o material justo pelos quadris.

Ela sorriu consigo mesma ao pensar sobre qual seria a reação de Gabe, caso pudesse ter um vislumbre de suas ligas. Pronta, diante do espelho, ficou satisfeita com o resultado final, mas queria uma confirmação masculina, ainda que fosse gay. Um minuto depois de ter telefonado, Alex apareceu no apartamento de Annie, deixando escapar um assovio baixo, quando ela abriu a porta. Ele pegou sua mão e a girou num círculo lento.

— Annie, você sabe que eu não curto garotas, mas, te ver vestida assim, eu quase poderia fazer uma exceção.

— Obrigada, querido! Era exatamente isso o que eu precisava ouvir. — Ela sorriu para o amigo, beijando-o na bochecha e lhe dando um abraço apertado.

— Quando quiser, querida. — Ele acariciou-a na bochecha, parecendo uma mãe orgulhosa, então tirou o celular do bolso e apontou em direção à parede. — Agora, pare aqui ao lado dessa planta porque vou tirar uma foto sua para o Facebook. — Ela gemeu e balançou a cabeça suavemente, em sinal de protesto, mas decidiu fazer o que foi pedido, gargalhando quando ele tirou uma foto. Alex olhou para ela severamente. — Não sorria tanto. Tente parecer sexy e misteriosa. Ponha a mão na cintura, o corpo em um ângulo de inclinação, levante a cabeça, aponte o queixo para baixo e deixe seus lindos olhos castanhos semicerrados. — Entrando na onda de Alex, ela facilmente fez meia dúzia de poses que ele clicou, enquanto murmurava. — Sim, é isso, querida. Isso mesmo. *Uh huh.*

Soltando uma gargalhada, ela acenou e se afastou da parede. — Tá bom, isso é o suficiente. Chega!

— Ok, ok. Vou fazer o upload para o *Instagram* e você pode escolher, mais tarde, uma delas para ser sua nova foto de perfil.

— Obrigada, mas, se eu parecer uma merda, é melhor não postar.

— Eu nunca faria isso! — Alex jurou, parecendo indignado.

— Ha, você já fez isso antes — ela disse com um sorriso irônico.

— Todo mundo é o seu maior crítico. Mas você não deve ser tão crítica de si mesma. Você é linda, doce, inteligente e sexy.

— Talvez eu deva te levar comigo em meus encontros, assim você pode cantar meus louvores e ajudar a tornar a conversa interessante — Annie sugeriu, sorrindo docemente para ele. — Tem certeza de que você não pode vir comigo esta noite?

— Apesar de ser um convite irresistível, vou ter que deixar para a próxima. Tenho outro encontro com Jonathan. Ah, e olha a hora! Eu preciso ir buscá-lo e é melhor você ir também ou vai se atrasar! — Alex exclamou, abrindo a porta para sair.

Olhando para o relógio, Annie viu que eram nove e meia.

— Oh, merda, tem razão. Ainda tenho que dirigir até Hollywood. Hum, bem, vou te mandar uma mensagem de texto com o nome dele, foto e telefone, caso eu não apareça mais. Hahaha. — Rapidamente, Annie enviou as informações para Alex, então correu de volta até o armário do quarto para pegar sua *clutch* preta de couro. Guardou o celular, cartão de crédito, habilitação e dinheiro na bolsa, antes de fechá-la com um clique; apagou as luzes do quarto e seguiu Alex para fora do apartamento.

— Divirta-se, linda!

— Obrigada, você também. — Ela acenou e mandou-lhe um beijo, andando em direção ao carro.

Felizmente, o trânsito não estava tão ruim, até porque era uma noite de terça-feira e ela estava apenas alguns minutos atrasada, quando chegou ao estacionamento com manobrista. Um homem corpulento de meia-idade e ascendência hispânica, vestindo uma jaqueta preta, com o zíper fechado até em cima, e calças pretas, abriu a porta para ela e lhe entregou um bilhete.

Tremendo, Annie esfregou os braços vigorosamente enquanto caminhava até o final da longa fila de pessoas ao lado de fora da boate. Annie achou que estava sendo esperta, quando decidiu deixar o casaco no carro, já prevendo que estaria muito quente lá dentro, mas a temperatura caiu muito nas últimas horas e agora ela estava começando a lamentar essa decisão.

Com um pouco de sorte, a fila andou rapidamente e, em questão de minutos, ela ficou frente a frente com dois seguranças, ambos altos e muito musculosos. Segurando uma prancheta, um deles, rispidamente, perguntou seu nome. Ela informou e prendeu a respiração enquanto aguardava que eles verificassem a lista de convidados.

Será que Gabe pediu que colocassem o nome dela ou ela faria papel de idiota? Mas, pouco tempo depois, ele balançou a cabeça e pediu sua identidade. Quando a devolveu, ela guardou a habilitação de volta na bolsa e, ansiosamente, entrou no conforto da boate quente.

Querendo se olhar no espelho, para verificar sua aparência e tentar acalmar o nervosismo, Annie foi direto para o banheiro. A maquiagem e o cabelo ainda estavam intactos, então ela só lavou as mãos suadas e aplicou uma nova camada de gloss, antes de enviar uma mensagem para ele. *Nada de ficar nervosa, garota! Vai dar tudo certo!*

Annie: Cheguei.

Gabe: Onde você está? Já entrou?

Annie: Sim, parei no toalete, perto da entrada.

Gabe: Fique aí. Vou te buscar.

Annie: Ok.

Era agora: o momento da verdade. Annie ficou ali, do lado de fora do banheiro feminino, sentindo-se um pouco estranha, enquanto várias garotas entravam e saíam dali, algumas sem deixar de olhá-la de cima a baixo, ao passar. Ela tentou ignorar os olhares, focando sua atenção no salão, tentando achar um cara alto que se parecesse com o Gabe da foto.

Pouco tempo depois, ela o viu caminhando por entre a multidão. Então, ele a viu, seus olhos se iluminaram e um sorriso sexy apareceu em seus lábios. *Uau! Ela tirou a sorte grande!*

Seu cabelo castanho escuro parecia ter sido tocado recentemente, e ele usava uma camisa preta e um jeans desbotado, um cinto preto com tachinhas prateadas e um par de correntes de prata penduradas em um dos lados. Ela sorriu admirada quando viu as tatuagens nos braços tonificados e brincos de diamante em ambas as orelhas.

— Oi... Annie, certo? — ele perguntou com uma sobrancelha erguida, quando estava perto o suficiente para ela ouvir; em seguida, deu um passo à frente para lhe dar um abraço rápido, quando ela assentiu com a cabeça. Ela sentiu levemente o cheiro dele, uma mistura de loção pós-barba e perfume... meio picante, meio almiscarado e absolutamente delicioso. — Você é incrivelmente sexy — ele murmurou em seu ouvido e depois piscou para ela. — Venha, vamos pegar uma bebida. — Ele segurou a mão dela e a levou para dentro da boate e depois para o bar mais próximo. — O que você quer beber? — ele perguntou.

Ela pensou por um momento, antes de finalmente responder.

— Hum, você escolhe... Surpreenda-me.

— Ha, tem certeza disso?

— Sim, tenho, posso aguentar.

— Ok. — Ele se inclinou na direção do barman, para fazer o pedido e, em seguida, entregou o cartão de crédito e lhe disse para manter a conta aberta. Um minuto depois, o barman empurrou dois *shots* na direção deles. Gabe pegou um e entregou-lhe, depois, pegou o outro e brindou com ela. — Saúde! — ele gritou, por causa da música muito alta.

— Saúde! — ela gritou de volta, então virou o copo como uma "*profissional*". *Queima, puta merda. Não consigo respirar. Vou vomitar. Jesus!! Por que ele tinha que escolher tequila?* Gabe virou o dele sem nenhum problema e, então caiu na gargalhada com viu o rosto dela.

— Oh, nossa, eu sinto muito. Você está um pouco verde. — Balançando a cabeça, Annie sorriu fracamente e bateu de leve no peito dele com o punho.

— Eu estou bem... ou estarei, em um minuto.

— Você disse para eu te surpreender.

— Eu sei, eu sei. Eu mereci. — Annie não queria admitir que estava se sentindo tão nervosa e agitada por estar ali com ele, que até mesmo um pensamento simples era difícil para ela, no momento. Quando ele a levou até o bar, perguntando o que queria beber, ela não conseguia pensar em nada. Tinha sido muito mais fácil deixá-lo escolher. Agora ela sabia que tinha sido uma má ideia e já sabia o que queria beber, quando ele perguntou em seguida. — Quero um Kamikaze! — Gabe levantou a sobrancelha e riu quando ela, às pressas, falou o que queria beber, então se virou, levantou dois dedos e fez o pedido ao barman.

— Ok, agora vamos tomar seu *shot* de garota.

Ela sorriu agradecida e começou a relaxar e se soltar, deixando a batida da música envolver seu corpo. Em poucos minutos, Gabe entregou-lhe o *shot* de Kamikaze e levantou o dele num brinde, sorrindo. Ela virou o copo, dessa vez sem tossir nem fazer careta. Adorava a bebida, mas era difícil encontrar barmen que soubessem fazê-la bem, e o dessa boate era realmente bom. Ela apreciou o frescor da bebida, que desceu suavemente. Agora, foi ela quem fez sinal com dois dedos levantados, para o barman, apontando para os copos vazios e pedindo outra rodada.

Duas rodadas depois, Annie estava se sentindo mais solta, então, agarrou a mão de Gabe e o arrastou em direção à pista de dança, sem soltar sua mão, até que eles estivessem frente a frente. Ela sentiu a mão dele deslizar por sua cintura, puxando-a para mais perto dele, quando começou a dançar. Ele era muito mais alto do que ela, mesmo com os saltos, e precisou se inclinar para falar com ela por causa da música alta que ecoava na boate.

— Eu te falei que não sabia dançar.

Revirando os olhos, ela fez sinal com os dedos, para ele se aproximar de seu ouvido.

— Você só precisa se segurar em mim e deixar seu corpo se mover com a batida da música. — Ela pegou as mãos dele e colocou em volta de seus quadris, os dedos longos envolvendo-a firmemente. A música pulsava enquanto ela balançava o corpo, lentamente, olhos fechados, a cabeça balançando. Ele se sentiu grande e forte pressionado intimamente a ela, despertando em Annie uma sensação de euforia por estarem juntos, deixando a música hipnótica controlar seus movimentos. Homens e mulheres dançavam em volta deles, seus corpos suados pressionados uns contra os outros, enquanto todos se moviam na batida da música.

— De quem é essa música? — ele perguntou ao ver os lábios dela se moverem, cantando junto.

— Kaskade e Deadmau5.

— Acho que já gosto muito, principalmente agora que te vi dançando. — Ele sorriu e ela sentiu borboletas subindo num turbilhão repentino pelo estômago.

— Chama-se *I remember*.

— Não sei por que, mas sinto que... parece que eu sabia que, no momento em que te encontrasse, seria como se você estivesse voltando para onde nunca deveria ter saído. — Ela não tinha certeza se ele estava falando sério ou se era apenas o álcool se manifestando, mas ela estava embriagada de desejo, feliz e pronta para o beijo, quando ele veio, não importando se eram palavras vindas do coração, uma citação de Shakespeare ou uma música de Sir Mix-A-Lot. Ela não estava nem aí.

Sua boca era inebriante e os lábios, macios e quentes, despertando uma sensação maravilhosa quando se moveram sobre os dela. Ele mergulhou a língua suavemente entre os lábios dela, separando-os, e a puxou contra seu corpo, continuando a dançar. O beijo rapidamente se aprofundou, transformando-se de doce a apaixonado, à medida que as mãos de Gabe se moviam para baixo, parando em sua bunda, então, ele a puxou firmemente conta seu comprimento duro, continuando a beijá-la como se não cansasse do sabor de Annie. O momento estava sendo tão incrível que ela se sentia muito bem por estar dançando em seus braços, como se pertencesse a ele.

Cada vez mais, Annie desejava que não existissem roupas entre eles, e que pudessem agir como dois adolescentes, dando uns amassos na batida da música. Toda precaução tinha voado pela janela com o segundo *shot* de Kamikaze. Tudo o que ela queria, mais do que qualquer coisa naquele momento, era ter este homem gostoso estocando dentro dela a noite toda. Ele era magro e tonificado, mas sem ser excessivamente musculoso — algumas garotas até poderiam considerá-lo magro demais, mas ela tinha ouvido *coisas* sobre caras magros terem grandes *documentos*, e definitivamente estava a fim de descobrir se os rumores eram verdadeiros.

Ela curvou um dedo para ele e sussurrou em seu ouvido "eu quero você" quando ele inclinou a cabeça para baixo para poder ouvi-la. Endireitando as costas, ele olhou atentamente para ela com os olhos semicerrados por alguns instantes, antes de finalmente responder. Ela lhe deu o seu melhor sorriso "me come" e traçou círculos preguiçosos com os dedos em volta da cintura dele.

— Querida, se continuar me olhando desse jeito sensual e se esfregando em mim assim, você poderá receber mais do que espera.

Annie sorriu maliciosamente para ele e sussurrou:

— Hmm, isso é uma promessa? — Uma nova música começou a tocar, com uma batida ainda mais forte. Gabe devia estar sentindo o álcool no sangue, pois estava se movimentando com uma destreza surpreendente enquanto dançava com ela.

Ela supôs que, pela hesitação que ele mostrou antes, quando perguntou se ele dançava, provavelmente era resultado de experiências ruins, tentando dançar com garotas muito mais baixas do que ele. Mas ela sabia que, mesmo sendo alto, ele ainda podia mover o corpo numa batida básica e se perder no ritmo da música. Ele pareceu ter percebido isso rapidamente, pois agora estava dançando com total abandono, como se tivesse nascido numa pista de dança.

Eles subiam e desciam juntos com a batida da música, rodopiando e repetindo o movimento, enquanto levantavam as mãos como todos em volta deles. A batida da música continuava, o som reverberando pelo chão através dos seus pés e se espalhando pelo corpo deles, enquanto o suor escorria em seus rostos, mas, ainda assim, não pararam de dançar. Poucos minutos depois, a música finalmente parou e começou a seguinte. Gabe maneou a cabeça em direção ao bar e ela assentiu, seguindo-o para fora da pista, agarrando firmemente a mão dele.

— Outro Kamikaze? — ele ofereceu.

— Claro. Peça um duplo.

Ele riu e encolheu os ombros.

— Vai morrer!

— Ahhh... Bem, você segura meu cabelo se eu tiver que vomitar? — ela perguntou, franzindo o nariz ao olhar para ele.

— Depende.

— Do quê? — ela perguntou, curiosa.

— Se vou com você para a sua casa.

— Oh... bem, sim. — Annie olhou para ele como se tivesse achado aquela pergunta estúpida. — Achei que tinha deixado bastante óbvio, pela maneira como ficamos juntos.

— Bem, nesse caso... — Ele a puxou para perto e a beijou profundamente de novo, mordendo levemente seu lábio inferior antes de passar a língua para suavizar. — Eu digo, esqueça a bebida e vamos sair daqui.

Não precisava falar duas vezes.

— Tá bom — ela concordou, alegremente.

— Então, vamos. — Ele a beijou mais uma vez antes de pedir ao barman para fechar a conta. Depois de pagar, ele pegou a mão dela e a conduziu pelo meio da multidão, para fora da boate.

Ambos entregaram seus tickets para o manobrista e esperaram impacientes, na calçada, os carros chegarem. O carro de Annie veio primeiro e Gabe perguntou se ela estava bem para dirigir. Ela assentiu e o puxou de volta para beijá-lo mais uma vez, antes de entrar no carro.

— Espere, e o endereço?

— Te mando por mensagem — ela falou, caminhando até o manobrista, que segurava a porta aberta para ela entrar. Rapidamente, ela enviou uma mensagem com o endereço para Gabe e começou a dirigir para casa.

Era aproximadamente uma e meia da manhã quando Annie chegou em seu apartamento. Ela esperou enquanto Gabe estacionava sua *Mercedes C250* prata na rua e caminhava até a calçada, então eles entraram no prédio.

Eles mal entraram no apartamento e já começaram a arrancar as roupas um do outro, seus lábios colados em um beijo apaixonado. Ele chutou os sapatos para um lado, ela jogou o casaco e a bolsa para outro, mas sem afastarem os lábios enquanto se encaminhavam para o sofá. Quando ele passou a mão por baixo do vestido dela, sentiu a cinta-liga e gemeu em sua boca.

— Jura que você está usando cinta-liga? — Ele olhou em seus olhos, com um pequeno sorriso nos lábios.

— Mmmhmm.

— Acho que você está tentando me matar, ou me deixar apaixonado. Quer casar comigo?

Ela riu da sua expressão.

— Você gosta?

— Gosto muito. Adoraria que você continuasse com ela enquanto eu te como.

Fechando os olhos brevemente, ela sentiu palpitação e um tremor no estômago com suas palavras. Ao abrir os olhos novamente, sorriu para ele.

— Tá bom. Quer que eu deixe meus saltos também?

Ele apertou sua perna sob o vestido.

— Hum, sim, por favor. — Ela quase riu da feliz expressão no rosto dele, e, antes que se desse conta, seu vestido foi puxado por cima da cabeça, deixando-a de pé, usando apenas o espartilho preto de cetim, fio dental, cinta-liga e meias. Olhando para ela, Gabe balançou a cabeça em admiração. — Ainda não consigo acreditar em como você é incrivelmente sexy. Nesse momento, você parece a fantasia sexual de todo homem.

— E o senhor está usando roupa demais — ela disse, simulando uma careta. Descendo as mãos, encarou-o ao abrir o cinto dele. Então, desafivelou e o puxou do jeans, baixando-os pelas pernas tonificadas. Finalmente, olhando para baixo, ela viu que ele estava usando uma cueca boxer preta, que parecia moldar firmemente sua grande e impressionante ereção, a cabeça do pênis empurrando para cima, saindo um pouco na parte superior da cueca. Então, os rumores eram verdadeiros, pelo menos no caso dele. O magrinho era armado.

Olhando nos olhos dela, ele a puxou para perto dele. Com ternura, beijou-a; seus lábios eram macios, lentos e doces. Ele sabia como conduzir bem o beijo. Beijava incrivelmente bem e a deixava com um tesão sem igual, levando-a à loucura.

Gabe se livrou da camisa e a deixou cair em cima da mesa de centro antes de deitar, delicadamente, Annie no sofá. Ele tinha várias tatuagens em ambos os braços e no lado direito do peito. Ela as exploraria mais tarde, veria os detalhes de perto quando não estivesse tão distraída com o resto do corpo dele.

Ela teve uma ótima visão do seu abdômen sarado quando ele se ajoelhou no sofá com as pernas presas no meio das dele. Olhando para baixo, viu que ele a devorava com os olhos, como se estivesse tentando memorizar cada curva. Finalmente, ele enganchou um dedo em cada lado da calcinha, puxando-a divertidamente, pedindo permissão para rasgá-la.

Rindo, ela respondeu:

— Sinta-se livre para fazer o que quiser com *ela*. Deixo seu destino em suas mãos hábeis.

Ele soltou uma risada e se inclinou para beijá-la novamente, a língua empurrando possessivamente em sua boca. Quando as preliminares atingiram novamente o auge da intensidade, ela sentiu e ouviu quando ele rasgou a delicada calcinha.

— Sempre quis fazer isso — ele disse quase tímido, fazendo-a rir. Jogando a calcinha de cetim e renda arruinada no chão, depois se levantou e removeu sua boxer, deixando-a, finalmente, vê-lo em toda a sua glória. Seu pau enorme devia ter mais de vinte e dois centímetros de comprimento e, sob a cabeça inchada, havia uma coisa que ele, definitivamente, não tinha mencionado antes.

Gabe tinha um piercing duplo com duas barras de prata cruzando o pênis. Os olhos dela se arregalaram e sua boca abriu, em estado de choque.

— Puta merda. Você não falou nada! — ela exclamou. — Eu nem sabia que *isso* era possível. Dói?

Ele riu da expressão dela e balançou a cabeça.

— Bem, *isso* tem um nome. O piercing vertical é chamado *ampallang*, e o horizontal, de *apadravya* e, bem, não, não dói mais. Mas doeu muito quando eu fiz.

— Por que fez, então? — Annie perguntou, parecendo ainda um pouco escandalizada.

— Os benefícios valem a pena. Não só intensifica as sensações que sinto durante o sexo, mas me permite dar mais prazer à mulher, o que me deixa feliz. Então, sim, acredite, vale a pena. — Ela o olhou com ceticismo, mas claramente interessada e curiosa.

— Tá bom. Bem, acho que vou pagar pra ver.

— Que bom! Desculpa, eu deveria ter avisado antes, mas gostei muito de você e espero que não tenha perdido o tesão quando viu.

— É maneiro... você só me pegou desprevenida, mas estou realmente ansiosa para experimentar. Quero saber como vai ser. — Ainda hesitante, Annie estendeu a mão para acariciar suavemente o comprimento longo e latejante dele, traçando o dedo levemente ao redor de cada piercing. Ela podia sentir Gabe tremendo ao toque dela e, quando ouviu respiração entrecortada dele, uma onda de satisfação feminina a invadiu. Era inebriante saber que tinha o poder de fazer alguém sentir tanto prazer.

— Olha, linda, se você não parar com isso, vou explodir nas suas belas mãos antes que consiga cuidar de você primeiro.

— Hum, ok. — Ela relutantemente o soltou, e ele imediatamente se abaixou para pegar um preservativo na calça jeans. Ele rasgou o pacote facilmente com os dentes e rolou o látex em se comprimento grosso, tomando cuidado de não o esticar demais na área dos piercings para não fazer um buraco nela.

De volta ao sofá, afastou as pernas dela, sustentando seu peso nos ombros, passando um dedo no pequeno ninho de cachos situado no topo da junção de suas coxas. Ela era depilada sob os cachos, fazendo com que ele visse sua umidade escorregadia. Esfregando a cabeça do pau suavemente contra a abertura apertada, foi lubrificando a entrada com seus próprios sucos, antes de começar a empurrar, lentamente, para dentro. Annie soltou o ar que nem notou que estava prendendo e gemeu profundamente, quando a cabeça passou, penetrando-a. Ainda lentamente, Gabe empurrou mais fundo, a cabeça já completamente dentro, deixando-a sem fôlego.

— Puta que pariu, você é tão apertada... está me deixando louco e nem entrei todo ainda — ele disse com os dentes cerrados. Gabe manteve-se parado por um minuto, deixando o corpo dela ajustar-se ao seu tamanho, antes de começar a empurrar novamente.

— Oh, Deus, você está me matando, não para — ela gemeu. — Me come. — Ele a beijou profundamente e então se posicionou, dando um impulso profundo dentro dela. Ele empurrou metade do caminho, quando ela soltou um gemido alto. — Oh, meu Deus, você está me deixando louca, e esse piercing é uma loucura. Ah... sim... sim, vou gozar. — Ela tremia ao sentir o orgasmo começar a se construir em seu ventre, então, de repente, sua doce libertação se apossou de seu corpo, fazendo-a gemer alto de prazer.

Gabe gemeu ao sentir seu clímax em torno dele e começou a empurrar seu comprimento longo e duro vigorosamente, deslizando cada vez mais profundamente, até que estava completamente enterrado, as bolas encostadas à bunda dela. Annie nunca foi uma pessoa vocal na cama, sempre foi bastante controlada quanto a isso, mas Gabe a fez se sentir irracional e ela não conseguia se manter calada, nem mesmo se a sua vida dependesse disso. Cada pequeno movimento que ele fazia dentro dela era tão intensificado pelos piercings, deixando-a enlouquecida, que sua boceta continuou emitindo espasmos avidamente ao redor de seu pau. Orgasmo após orgasmo abalou seu corpo e ela se sentia como se não pudesse ter o suficiente da sensação dele empurrando dentro dela. O corpo de Annie balançou numa espiral de prazer contínua, e sentia-se como se não fosse cansar jamais de senti-lo empurrando tão deliciosamente dentro dela. Os piercings esfregavam-na em todos os lugares e atingiram o seu ponto g como um alvo. Antes disso, ela não tinha ideia de que era capaz de ter orgasmos múltiplos.

Depois do, possivelmente, quarto orgasmo (ela tinha até perdido a conta), ele começou a dar estocadas mais fortes e rápidas nela. Então, a fez mudar de posição, se ajoelhar e sentar sobre ele, com as costas dele no sofá. Ele a puxou para baixo, fazendo sua boceta molhada deslizar sobre seu pau duro. Ela gemeu alto ao senti-lo completamente encaixado, gozando novamente de imediato, os olhos se enchendo de lágrimas com a intensidade do orgasmo que a atingiu. Segurando seu próprio ápice por um momento, Gabe deslizou as mãos lentamente, para cima e para baixo nas costas dela, deixando-a desfrutar do prazer intenso e pulsante. Lentamente, ele aumentou a pressão dentro e fora dela, suas bolas batendo forte, conforme se movia.

Ele tinha a intenção de segurar um pouco mais, mas ela era tão apertada e molhada que ele sabia que não aguentaria por muito mais tempo. Seus movimentos tornaram-se mais bruscos e frenéticos, levando-o cada vez mais perto de sua própria libertação. Agarrando seus quadris, ele gemeu alto antes de congelar por um momento, em seguida, entrou e saiu mais duas vezes antes de gozar. Exausto do esforço, ele caiu em cima dela, onde permaneceu por alguns momentos enquanto tentavam recuperar o fôlego. Pouco tempo depois, ele levantou para descartar a camisinha, retornando em seguida para perguntar se ela queria um copo d'água.

Ela sorriu e assentiu, satisfeita por ele estar sendo gentil e cuidando dela depois do sexo tórrido que fizeram. Ele entrou nu na cozinha e, seguindo as instruções dela, encontrou onde eram guardados os copos. Depois de colocar um pouco de água no copo, Gabe bebeu e voltou a enchê-lo, levando para ela. Agradecendo, ela bebeu e lhe devolveu o copo em segundos.

— Uau, você estava com sede — ele falou, ao pegar o copo vazio e colocá-lo na mesa de centro. Olhando para o chão, ele finalmente achou sua boxer e a vestiu antes de se sentar no sofá ao lado dela.

— Hã, por que será?

Ele riu.

— A culpa é minha?

— Ah, com certeza. — Eles sorriram um para o outro e, então, houve um momento de silêncio constrangedor. Embora ela quisesse aproveitar um pouco mais do que sentia quando estava com ele, também não queria adiar o que achava ser inevitável. — Bem, isso foi divertido.

— Sim, foi. — Ele assentiu, levando a mão de Annie à boca para beijá-la. — Você é maravilhosa.

Ela corou com o elogio e sorriu.

— Obrigada, você é demais também. — Respirando fundo, ela resolveu fazer uma sugestão, torcendo para que ele não corresse. — Então, hum, você quer passar a noite, para que possamos nos divertir um pouco mais, ou precisa ir? — Annie segurou a respiração, enquanto esperava que ele desse alguma desculpa e fosse embora. Ele estava olhando fixamente para a perna dela, brincando com sua cinta liga, enquanto permanecia sentado em silêncio por alguns instantes, parecendo considerar as opções antes de responder.

Finalmente, ele olhou para cima e falou um pouco hesitante.

— Eu gostaria de ficar, se estiver tudo bem pra você... e não é só porque quero mais *diversão*, embora eu também queira, mas porque gosto de estar aqui com você — ele disse com simplicidade, olhando para ela com um brilho nos olhos ao sorrir.

Devolvendo o sorriso, ela se levantou e fez sinal com o dedo para que ele a seguisse. De pé, ele estendeu a mão e a puxou, beijando-a ao ponto de perderem o fôlego, até que ela finalmente pegou sua mão e o levou para o quarto. Nem precisava dizer que eles só tiveram duas horas de sono, naquela noite.

Capitulo 5

Uma insistente batida na porta a acordou na noite seguinte, fazendo-a gemer em protesto por ter seu cochilo pós-trabalho perturbado. Alguns energéticos durante o dia a tinham ajudado compensar a falta de sono, mesmo a fazendo se sentir um pouco elétrica demais em alguns momentos. Mas, enquanto se mantinha em movimento, ela ficou bem. Quando chegou em casa, desmaiou no sofá, até ser acordada por alguém batendo à sua porta. Ela ainda estava tão grogue e exausta, que mal conseguiu rolar para fora do sofá e ficar de pé. Cambaleando, foi até a porta e a abriu.

— Juro por Deus, se você não parar de bater na minha porta, eu não te empresto mais nada. Nunca mais! — Abrindo a porta, ela olhou para Alex, que estava parado com o punho congelado no ar, pronto para bater novamente.

— *Ay, Mami*, você está péssima.

— Obrigada. E agora vou voltar a dormir. — Annie começou a fechar a porta na cara dele, mas ele empurrou sua mão, fazendo a porta parar, antes mesmo que ela tivesse a chance.

— Me desculpe, mas, garota, já se olhou no espelho? — ele murmurou, arqueando uma sobrancelha com ceticismo para ela.

Revirando os olhos, ela deixou a porta aberta e voltou a se deitar no sofá, com ele a seguindo pelo apartamento, após fechar a porta.

— Dormi menos de duas horas na noite passada.

— Por quê? — Ele sentou no sofá, puxando os pés dela para o seu colo.

— Porque fiquei fora até tarde, e, depois, quando cheguei em casa, fiquei acordada por um tempo ainda.

— Humm... Você trouxe o *Sr. Tenho dez tatuagens* para casa?

— E se tiver?

— Sou uma *garotinha* curiosa, você sabe disso. Pode começar a colocar tudo para fora. Ouvi uns sons muito interessantes ecoando pelo nosso pátio, ontem à noite. — Ele sorriu para ela conscientemente, mal escondendo a risada.

Annie olhou com indiferença para as unhas.

— E você achou que era eu?

— Bem, sim. Dã!

Ela suspirou e finalmente assentiu.

— Tá bom! Bem, sim, eu trouxe o *Sr. Tenho dez tatuagens* para casa comigo, ontem à noite.

— Então, só posso chegar à conclusão de que as coisas correram muito bem, já que você o trouxe para casa depois de apenas um encontro e fez tanto barulho. — Desta vez, ele não controlou o riso.

— Não ria! — Annie exclamou batendo em Alex com uma almofada.

— Desculpe, foi mais forte do que eu. Ele deve ser muito bom de cama.

— Oh, Deus... Hum... Quão exatamente alto eu gritei? — O rosto dela parecia como se estivesse pegando fogo. Ela sabia que tinha gritado um pouco, mas, só quando saiu para trabalhar, é que percebeu que as janelas da sala de estar, que ficavam voltadas para o pátio, estavam abertas de manhã.

— Bem, pude ouvir da minha sala, embora minhas janelas não estivessem abertas.

— Nunca mais vou conseguir encarar os vizinhos — ela gemeu, enterrando o rosto nas mãos. Alex bateu em seu pé, com simpatia.

— Então, você gostou do cara?

Levantando o rosto, ela assentiu, um sorriso sonhador em seus lábios.

— Mmm... pode-se dizer que... gostei.

— E o sexo foi bom?

— O sexo foi *muito* bom. Ele tem um piercing. Na verdade, tem dois piercings.

— O que isso tem... oh! — Seu rosto se iluminou em compreensão e, em seguida, ele torceu o nariz em repulsa, só de pensar. — Ai! Isso deve doer!

Ela riu da expressão que ele fez ao estremecer.

— Sim, ele disse que doeu muito quando colocou, claro, mas não dói mais.

— Bem, deve ter valido a pena, a julgar pelo volume dos seus gritos.

Annie socou o braço de Alex que fingiu estremecer de dor.

— Engraçadinho.

— Você é tão violenta — ele reclamou.

— Não seja um maricas. — Ela socou o braço dele novamente e mostrou a língua, fazendo-o rir.

— Estou feliz que você finalmente encontrou um cara legal.

— Eu também, querido. Eu também.

Mais tarde, naquela noite, Annie estava se preparando para dormir quando seu celular apitou avisando o recebimento de uma nova mensagem de texto. Era de Summer, sua melhor amiga desde o colegial. Summer também foi uma das amigas que lhe recomendou que tentasse sites de relacionamento, já que ela conheceu seu namorado, há três anos, no *Match.com*.

Summer: Ei, garota! Não te vejo há um tempão. Vamos ao Dim Sum, no sábado?

Annie: Oba, claro! *Conte comigo. Katie e Teresa* vão também?

Summer: Sim, já falei com a Teresa, mas ainda não chamei a Katie. Você pode falar com ela?

Annie: Claro, mando uma mensagem para ela. A que horas e onde nos encontramos?

Summer: Nosso lugar de sempre, às onze?

Annie: Fechado, te vejo lá. Ah! Finalmente publiquei um anúncio de namoro no Craigslist.

Summer: O quê?! Não acredito! E aí?

Annie: Conheci uma pessoa.

Summer: Pelo site? *Quando? Qual* o nome dele? O que aconteceu?

Annie: Conto tudo no fim de semana.

Summer: O quê? Vai me fazer esperar até o fim de semana? Quero detalhes agora!

Annie: Rsrs *Sábado é só daqui a alguns dias.*

Summer: Argh, você vai me fazer esperar. O suspense vai me matar!

Annie: Haha, você vai sobreviver... :) Nos vemos em breve.

Summer: Cadela. Te amo. :)

Annie: Também te amo! ;)

Era por volta das dez e meia quando Annie pegou Katie em Studio City, a caminho de San Gabriel Valley. Apesar de gastar quase quarenta e cinco minutos de carro para chegar no Dim Sue, ela não se importava de dirigir um pouco mais para comer os melhores petiscos chineses da região, mesmo que tivesse um a quinze minutos de casa, no centro.

É bem verdade que poderiam ir ao centro, mas ela odiava ter que lidar com o trânsito naquela área todos os dias, então foram a San Gabriel. Quando chegaram ao estacionamento, levaram apenas alguns minutos para encontrar uma vaga, o que era um milagre, considerando que era uma manhã de sábado.

Encontraram as outras duas garotas esperando por elas no saguão do restaurante. Summer já estava agarrada com um pedaço de papel, que continha um número rabiscado, e Teresa agitava os braços para que elas fossem até lá, do outro lado do salão.

Annie sempre se sentiu uma gigante desajeitada quando ia a San Gabriel. Seu pai era alto para um cara chinês e sua mãe também era alta em relação ao restante da família. Aparentemente, eles passaram os genes para ela, que sempre foi muito alta, crescendo como uma erva daninha, até que finalmente parou nos seus 1,73m de altura no penúltimo ano do ensino médio. Para ela, isso até veio a calhar para o tipo de esporte que praticava, mas também era uma sensação desagradável na maior parte do tempo na escola por ser, geralmente, mais alta do que a maioria dos meninos de sua turma.

Murmurando desculpas ao passar, Annie agarrou Katie pela mão e enfrentou a multidão de clientes predominantemente chineses, todos esperando para sentar-se no restaurante popular Dim Sum.

— Oh, graças a Deus, vocês chegaram. Odeio quando eles só chamam os números em chinês e não consigo entender o que estão dizendo. Eu nunca saberia se eles chamaram o nosso número e ficaria aqui de pé para sempre.

Annie sorriu para a amiga loira baixinha ao se inclinar levemente para beijá-la nas bochechas e lhe dar um abraço.

— Bom te ver também, Summer. — Ela se virou para Teresa, que também era um pouco mais alta do que a amiga, e a cumprimentou com beijos e abraços, em seguida, ficaram num mini círculo, aguardando seu número ser chamado.

— Então, nossa garota aqui, Annie, tem novidades pra gente — Summer começou, sorrindo docemente.

Annie assentiu.

— Sim, eu finalmente cansei de ficar sozinha e entrei num site de relacionamentos.

— O quê! Está falando sério? Já conheceu alguém? — Teresa foi a primeira a responder a sua declaração, os cachos vermelhos saltando quando ela, literalmente, deu pulinhos, animada.

Katie demorou um pouco mais para responder.

— Bem, que legal. Bom para você.

Annie tinha certeza de que a resposta hesitante de Katie era pelo fato de que ela agora era a única do grupo que não estava saindo, ainda que casualmente, com alguém.

— Sim, eu conheci um cara. O nome dele é Gabe.

— Adorei o nome. Ele já parece gostoso. Então, conte-nos mais! — Summer implorou. A conversa teve de ser brevemente pausada quando a *hostess* chamou seu número e elas seguiram uma garçonete até a mesa. Ao sentarem, Katie começou a lhes servir chá quente.

— E aí? Conta tudo! — Teresa pediu, cutucando Annie.

— Oh, bem, o nome dele é Gabe, ele é superalto, tipo 1,96m, mais ou menos. Tem alguns piercings e tatuagens, é magro, bonito, olhos maravilhosos e as mãos... meninas, eu poderia viver sob o toque daquelas mãos.

— Uau — Katie disse, a boca ligeiramente aberta enquanto prestava atenção em cada palavra.

— Queremos detalhes! — Summer disse e Teresa assentiu com a cabeça.

— Vocês querem bolinho de camarão? Shumai? Pés de galinha? — Uma mulher chinesa de meia-idade, vestindo uma calça, blusa branca e colete cinza com um avental preto estava empurrando um carrinho carregado com bolinhos e pratos de pés de galinha. Ela apontava para os vários pratos e repetia o que era, acenando para cada um, tentando vender a mercadoria.

— Bolinho de camarão e Shumai — respondeu Annie e a mulher colocou dois pratos com bolinhos na mesa e carimbou sua comanda, antes de passar para a mesa seguinte. Outro carrinho se aproximou. As meninas apontaram para os bolinhos de carne de porco, bolinhos de creme e de semente de gergelim e começaram a encher seus pratos.

— Então, parece que você já o conhece bem, com todo esse papo sobre as mãos dele — Summer disse, após dar a primeira mordida e encher a boca com bolinho de carne de porco.

— Arghh, que falta de educação, Summer. Mastiga com a boca fechada — Katie queixou-se, dando um tapinha no braço dela. Summer respondeu virando-se para ela, dando outra grande mordida em seu bolinho de carne de porco e mastigando lenta e deliberadamente, mostrando toda a comida mastigada à Katie. Essa deu a Summer um olhar fulminante e começou a lhe dar um sermão sobre a etiqueta adequada para se comer em público, enquanto Summer revirava os olhos, dando outra mordida no bolinho, dizendo que Katie precisava transar para se soltar e deixar de ser implicante e mal-humorada.

Annie riu da briguinha entre as duas. Elas eram amigas desde o colegial e sempre foram unidas.

— Sim, nós já nos encontramos. Ele me convidou para a festa de aniversário de uma amiga, na noite de terça. Foi no Vanguard.

— Que legal! Ele dança bem? Vocês ficaram? Ele é muito grande? — Teresa atirou as perguntas para Annie à queima roupa, se inclinando ansiosamente por cima da mesa.

— Ha, bem, sim, ele não dança tão mal. E declaro-me culpada!

— Oh, meu Deus, você já transou com ele! — Katie acusou, sua boca se abrindo em surpresa.

— Muito bem, Annie! — Summer comemorou, abrindo um largo sorriso e dando uma piscadela para Annie, com os dois polegares para cima.

— Katie, você não tem direito de julgar. Você já foi para a cama com caras que tinha acabado de conhecer em bares ou boates. Lembra quando você transou com aqueles dois irmãos que conheceu numa boate e fez um ménage à trois?

— Ah, verdade! Os irmãos judeus. — Os olhos de Teresa se alargaram quando ela assentiu solenemente para as outras meninas.

— Cadela — Katie murmurou em sua xícara de chá.

— Lembro-me daquela noite. Eles abriam o bar apenas para as mulheres, durante a primeira hora, e tomamos muito *Red Bull* com vodka, muito mesmo. — Summer parecia verde só de lembrar.

— Não consigo mais suportar o gosto do *Red Bull,* desde então — Katie disse com um suspiro. — A pior decisão da minha vida.

Annie assentiu e apontou o dedo em direção a Katie.

— Tá vendo? Não me julgue. Não transo há meses, eu estava bêbada, ele era lindo e disse as coisas certas. Uma coisa levou a outra e o convidei para a minha casa.

Katie ergueu as mãos em sinal de rendição.

— Não estou julgando. Só acho que foi um pouco rápido.

— Foi bom, pelo menos? — Teresa perguntou.

Annie olhou para sua xícara de chá e tentou sufocar o sorriso que involuntariamente se espalhou por seu rosto, ao pensar no quão bom tinha sido. Ela tentou parecer indiferente e disse inocentemente:

— Pode-se dizer que sim.

— Bom do tipo quero vê-lo novamente o mais rápido possível?

Sem conseguir segurar o sorriso, Annie olhou para as amigas e limpou levemente a garganta.

— Bem, ele passou as duas últimas noites na minha casa. E só foi embora hoje de manhã para resolver umas coisas e pegar uma muda de roupa. E pediu para que eu ligasse para ele quando voltasse do Dim Sum, para combinarmos a hora de ele voltar para a minha casa, hoje à noite, para me fazer o jantar.

— Tá brincando!! Ele cozinha? — Katie estava olhando como se estivesse prestes a levantar da mesa e correr até em casa para tentar a coisa do site de relacionamentos.

— Sim, e ele diz ser muito bom nisso, também. Vai fazer frango Marsala.

— Estou passada agora. Curtis pensa que cozinhar é colocar salsicha de cachorro-quente para ferver ou fazer macarrão com queijo — Summer se queixou.

— Sim, Billy é igual. A ideia de cuidar do jantar é pedir uma pizza ou comprar fast-food no caminho para a minha casa. — Teresa acariciou seu estômago que costumava ser plano, mas estava começando a ficar um pouco gordinho. — Não sei o quanto o meu metabolismo pode aguentar, então, a menos que eu queira acabar parecendo uma baleia, cabe a mim cozinhar.

— Bem, quem sabe? Ele pode ser um péssimo cozinheiro — Annie falou, não querendo fazer suas melhores amigas se sentirem mal sobre seus companheiros.

— É verdade, ele poderia estar fingindo para entrar em suas calças... espere. Ele já entrou! — Summer começou a rir e Annie amassou um guardanapo e jogou nela.

— Bem, se ele for tão bom cozinheiro quanto é de cama, estou feita! — Annie meditou antes de tomar um gole de chá quente. Três guardanapos amassados foram jogados em cima dela ao mesmo tempo.

As duas semanas seguintes passaram num turbilhão, já que Annie e Gabe passavam todos os momentos livres juntos. Dormiam e acordavam juntos, só se separando para trabalhar e cumprir suas obrigações. Ainda na fase de lua de mel do relacionamento, eles transavam como coelhos, quase todos os dias. Geralmente, ele vinha ao apartamento dela depois que ela voltava do trabalho e passava a noite, transavam, comiam alguma coisa antes de dormir, transavam novamente e, mais uma vez, ao acordarem. E Annie sempre se lembrava de fechar as janelas.

— Eu tenho que ir a Phoenix, a trabalho, neste fim de semana — Gabe disse uma noite, quando estavam juntos deitados na cama de Annie. Com ela sobre seu peito, ele passava os dedos pelo cabelo dela, acarinhando-a.

Olhando para ele, ela fez beicinho.

— Meu amigo vai dar uma festa neste fim de semana. Achei que você iria comigo.

Ele acariciou o braço dela e beijou sua cabeça.

— Fica para uma próxima vez. Estou tentando fechar um negócio em uma propriedade muito lucrativa, e preciso estar lá durante o fim de semana inteiro. Viajo na sexta de manhã e só volto no domingo à noite.

— Tudo bem. Mas vou sentir sua falta enquanto você estiver fora.

— Quer dizer, você vai sentir falta de transar comigo, enquanto eu estiver fora.

— Isso também — ela disse com um sorriso.

— São apenas alguns dias, e então, estarei de volta. — Ele beijou a testa dela, depois inclinou seu rosto um pouco para cima e deu um beijo suave em seus lábios. Afastando-se, ele olhou em seus olhos pensativamente. — Ou, talvez, você pudesse vir comigo.

— Para Phoenix?

— Sim.

— Não posso ir a Phoenix — ela protestou com uma risada.

— Por que não?

— Querido, eu realmente não posso pagar por uma passagem aérea agora. Ainda preciso fazer as compras de Natal.

— Não se preocupe com isso. Eu pago a passagem.

— Sério? — Ela levantou uma sobrancelha para ele.

— Claro, por que não? A passagem não é tão cara, talvez uns duzentos dólares, no máximo. Eu posso cuidar disso — ele disse, com um sorriso irônico.

— Não sei se eu deveria aceitar isso de você.

— Por que não? Você pode sair para passear, enquanto vou para as minhas reuniões ou então me esperar, de preferência nua, quando eu voltar para o quarto.

Ela sorriu para ele.

— Oh, bem, falando assim, agora eu *realmente* acho que não deveria aceitar.

— Considere isso o meu presente de Natal antecipado. Na verdade, considere como seu presente para mim também — ele disse rindo e piscando para ela.

— Bem...

— Venha, vai ser divertido. Você pode fazer massagem no hotel. Os massagistas vão até o quarto e você pode desfrutar de uma sessão de mimo. Ou ainda, você pode pegar o meu carro alugado, se quiser sair do hotel, e fazer umas compras de Natal. — Ele não estava jogando limpo. Que garota não ama fazer compras? Ela ainda precisava comprar presentes de Natal para sua família. Annie enrugou o nariz para ele, um pouco irritada por ele conseguir, tão facilmente, enfraquecer sua determinação em não aceitar presentes excessivamente extravagantes dele.

— Hmm, ainda não tenho certeza de que devo aceitar. Você está sendo muito presunçoso, Sr. Thomas.

Ele inclinou-se novamente e a beijou com um estalo alto, em seguida, começou a fazer cócegas nela, provocando gritos e risadas. Ela virou para o outro lado tão rapidamente, que caiu da cama, com um grito, levando as cobertas com ela. Rindo, Gabe a ajudou a levantar e subir na cama, reorganizando as cobertas ao redor deles.

— Então, isso é um sim?

— Eu não sei. Teria que tirar um dia de folga, se tiver que ir com você na sexta de manhã.

— Você não precisa. Você pode pegar um voo mais tarde, depois que sair do trabalho, e eu te busco no aeroporto e a levo para jantar.

— Acho que assim seria bom.

— Ótimo, vou reservar as passagens. Se importa se eu usar o computador?

— Vou buscá-lo, um segundo — ela disse, indo para a sala de estar para pegar seu laptop. Voltando, rastejou para a cama e entregou-o a ele, então se aconchegou ao seu lado. Ela o assistiu reservar as passagens... e mal conseguia segurar o sorriso, ao se sentir um pouco glamourosa em ter um cara bonitão, a levando para voar ao encontro dele, para estarem juntos por um fim de semana, mesmo que fosse para Phoenix.

— Feito. Passagens reservadas.

— Oba!

— Vou te buscar no aeroporto um pouco depois das oito, na sexta-feira, e levá-la ao meu restaurante tailandês favorito.

— Adoro comida tailandesa.

— Imaginei que sim, já que você mencionou estar fazendo frango ao curry, quando começamos a trocar e-mail.

— Verdade. Boa memória, senhor.

Durante todo o resto da semana, Annie se sentiu com um nó no estômago. Ela, finalmente, tinha dado uma chance a um site de relacionamentos, conheceu um cara maravilhoso e estava se divertindo muito. Estava animada com a viagem do fim de semana com Gabe, mas não queria deixar a cautela de lado, nem deixar de ficar atenta àquela sensação incômoda que vinha sentindo no peito.

Apesar de as coisas estarem andando bem entre eles, ela ainda sentia como se algo ruim fosse acontecer. Como se tudo aquilo fosse bom demais para ser verdade e que, no final das contas, tudo não tivesse passado de um sonho. Sabe aquele ditado *"bonzinho morre coitadinho?"*. Bem, pela sua experiência, aqueles que sempre acreditavam no "felizes para sempre" tendiam a se dar mal no final, mas ela afastou as preocupações da cabeça e focou na tentativa de fazer o melhor para relaxar e desfrutar do seu idílico final de semana em Phoenix.

Capitulo 6

Depois de avisar ao chefe que deixaria o carro no estacionamento da empresa durante todo o fim de semana, Annie saiu um pouco mais cedo e pegou um táxi para o aeroporto, tranquila por ter feito o check-in online e impresso o cartão de embarque com antecedência.

Mal parando na área de embarque, ela foi direcionada para o avião, quase entrando em pânico ao sentar e se assegurar de afivelar o cinto de segurança. Respirando fundo, recostou-se, fechou os olhos e tirou um cochilo pela próxima hora. Quando o avião aterrissou em Phoenix, os olhos dela se abriram de imediato e seu estômago se apertou. Riu consigo mesma lembrando de que não havia comido nada durante o dia, por estar muito nervosa com a viagem.

A caminho da esteira de bagagens, parou no banheiro para se refrescar e reaplicou o gloss, delineador e máscara para os cílios. Após usar o banheiro, lavou as mãos e parou, por alguns minutos, para inspecionar a aparência e tentar acalmar os nervos.

Ela estava vestindo uma saia preta curta e justa, com uma blusa branca fina e um lenço preto. Nos pés, usava o que Alex tinha apelidado carinhosamente de "salto puta", um par de sandálias de tiras pretas, com salto agulha superalto. Em outras palavras, ela estava vestida para matar.

Ela ligou para o celular de Gabe enquanto ia até a esteira de bagagens, estremecendo ao sentir o sapato sexy começar a matar seus pés. Seu único consolo era que não teria que andar muito com essas sandálias, já que eles iriam só jantar e, depois, voltariam para o hotel. Apenas por segurança, ela tinha um par de sandálias confortáveis na bagagem de mão, que poderia trocar, se fosse necessário.

Ele atendeu no terceiro toque.

— Oi, querida, onde você está?

— Acabei de pegar a bagagem. Estou em pé, na calçada.

— Ok, estou dando a volta, já estou chegando. Como foi o voo?

— Sem intercorrências. Como foram as reuniões?

— Acho que foram boas. Saberei mais depois de amanhã. Nós fizemos uma oferta hoje e estamos esperando o vendedor retornar. — Ele limpou a garganta e tossiu. — Ah, droga. Não estou te vendo. Como você está vestida?

— Saia preta curta, blusa branca e minha sandália preta de "salto puta".

Ela ouviu um carro frear.

— Puta merda, era você?

Ela riu enquanto procurava o carro dele.

— O que você está dirigindo?

— Um Bimmer azul. Acabei de passar por você.

Ela virou a cabeça, procurando o carro, e logo o viu encostando na área de desembarque, e, em seguida, ele deu ré, parando em frente a ela. Gabe saiu do carro e seu olhar a admirou da cabeça aos pés, fazendo-a corar. Ela sorriu, pensando que ele era gostoso demais e muito comestível. Estava vestido de calça e camisa social, mas estava sem gravata e os dois primeiros botões estavam abertos. Ela nunca o tinha visto tão formal e profissional antes, mas ele exalava poder e masculinidade crua.

— Uau.

— Eu ia dizer o mesmo para você. Gosta do que vê? — ela perguntou, sorrindo provocativamente.

— Hum... Ehr... bem, eu estava procurando por você, mas tenho que admitir que fiquei distraído pelo par de pernas mais sexy que já vi na vida. Então, quando disse o que estava vestindo e percebi que era você, cheguei à conclusão de que sou mesmo um cara de sorte. — Ele riu e a puxou para os seus braços, deslizando os dedos por seu cabelo, ao tocar os lábios num beijo escaldante que a fez levantar o pé como Andrea, do filme *O diabo veste Prada*.

— Quer dizer que você ficou de olho nas minhas pernas, antes de perceber que era eu? — Ela fingiu considerar a declaração dele por um momento, mas em seguida sorriu. — Acho que posso viver com isso. — Ele sorriu de volta e a beijou novamente. Ao final do beijo, a conduziu até o carro e a ajudou a entrar, abriu a porta de trás, colocou a mala no banco e voltou para o lado do motorista.

Quando se afastou do meio-fio, aumentou o volume do rádio e ela sorriu, reconhecendo a canção como uma de suas favoritas, do mais recente álbum de Dave Matthews. A noite estava apenas começando, mas ela percebeu que seria maravilhosa.

— Quer champanhe?

— Sim, traga para o pátio, mas me dê mais dois minutos.

— O que está fazendo?

— É uma surpresa.

— Ha... eu deveria estar com medo?

— Não, sirva o champanhe e traga aqui.

Hospedados no Sanctuary, em Camelback Resort, Annie estava vestindo apenas um roupão de banho branco e macio, quando abriu a garrafa de champanhe e serviu duas taças, em seguida, seguiu em direção à área de pátio iluminado. Quando passou pela porta, sua respiração ficou suspensa e a boca, aberta.

No fundo do pátio externo cercado, havia uma enorme banheira branca, cheia de espuma. Era um local que tinha sido projetado para dar a sensação de que o hóspede está numa espécie de jardim chinês. Velas acesas estavam espalhadas em algumas mesas baixas que haviam sido colocadas em volta da banheira e pétalas de rosas vermelhas estavam espalhadas por todo o caminho até a banheira. O alto-falante do *iPod* tocava, e a voz doce de Norah Jones invadia a noite, cantando *The nearness of you*. O lábio dela tremeu e Annie sentiu os olhos lacrimejarem ao olhar para Gabe, ali de pé, com o roupão branco.

Ele sorriu e gesticulou para ela se aproximar. Caminhando até Gabe, que estava próximo à banheira, entregou-lhe uma taça de champanhe. Eles brindaram e, em seguida, tomaram um gole.

— Surpresa?

Ela sorriu e assentiu com cabeça, um pouco tímida.

— Sim, absolutamente. Não acredito que você teve todo esse trabalho por mim.

— Valeu a pena, só para te ver sorrir. — Ele a puxou para perto com a mão livre, baixou a cabeça para beijá-la suavemente e, em seguida, procurou ao redor por um lugar onde pudesse apoiar a taça. Ela deu outro gole rápido no champanhe e então se virou para colocar a dela apoiada também.

Quando se virou para ele, Gabe estendeu a mão para sua cintura e a puxou para perto, lentamente desatando o nó da faixa e, em seguida, empurrou o roupão, deixando seus ombros nus. Sem interromper o contato visual, ela fez o mesmo com ele.

Mesmo que já o tivesse visto sem roupa muitas vezes nas últimas semanas, seu corpo nu, iluminado pelas velas, ainda era um espetáculo maravilhoso. Ele era alto e magro, sua pele ainda tinha um leve bronzeado adquirido no final do verão. As tatuagens não diminuíam a sua beleza, na verdade, elas a realçavam. Ele entrou primeiro na banheira e se virou, oferecendo a mão para ajudá-la a entrar e se instalar do lado dele. Eles ficaram frente a frente. Como ele era muito alto, acabou ficando um pouco apertado e ela não conseguiu segurar o riso.

Ao deslizar na água quente, Annie suspirou, satisfeita.

— Olha, preciso admitir, isso é maravilhoso. Eu nunca tinha tomado um banho ao ar livre antes. O luar e as estrelas são um belo toque também.

— É maravilhoso mesmo, né? Um amigo meu me indicou esse hotel, e eu sabia que tinha que experimentá-lo um dia. Estou feliz que você esteja aqui para experimentá-lo comigo. Também fiz um pedido especial à gerência, para que se certificassem de que as estrelas estivessem muito brilhantes esta noite — ele disse, com uma piscadela.

Arrepios correram pelos seus ombros quando ele riu. Inclinando a cabeça para trás contra a borda da banheira, ela sorriu sonhadora, fechando os olhos para apreciar a perfeição do momento. Um cara incrível tinha feito um grande esforço para planejar uma noite agradável, muito romântica, e ela ainda não conseguia acreditar que era real. Nunca ninguém tinha feito algo assim para ela antes.

Robin Thicke começou a cantar, e, para sua surpresa, Gabe começou a cantar junto, como se ambos estivessem fazendo uma serenata para ela. Sem dúvida, ela sabia que essa era, definitivamente, a melhor noite da sua vida. Então, começou a cantar alguns versos com ele.

— Você não me disse que sabia cantar.

Ele deu de ombros.

— Sou um homem de muitos talentos ocultos.

— Você deveria ir ao karaokê comigo, um dia.

— Talvez — ele murmurou.

— Poderíamos até mesmo fazer um dueto, como em *Grease* — ela provocou. — Ou talvez de um filme da Disney, como *Aladdin*. — Ela não conseguia mais deixar de rir da sua expressão descontente.

— Não é o meu estilo. — Ele fez uma careta, fazendo um movimento com o dedo para ela se aproximar. Ela se inclinou para frente, pensando que ele ia beijá-la, mas, em vez de sentir seus lábios a tocarem, foi atingida pela água que ele espirrou em seu rosto. Ela deu um grito em protesto, seu rosto se contorcendo quando a água entrou em seu nariz.

— Ei, isso não é justo! Não foi legal — ela disse com uma risada e espirrou água nele. Como resultado da miniguerra entre eles, a maior parte da água da banheira foi parar no chão, apagando algumas velas que estavam no caminho.

Como não estavam muito confortáveis apertados na banheira e já bastante enrugados, eles decidiram sair da água e entrar. Secaram-se com toalhas brancas felpudas, que Gabe havia deixado próximas à banheira e, em seguida, vestiram roupões, indo para a sala de estar. Eles deitaram de frente um para o outro no sofá perto da lareira, as chamas mantendo seus corpos aquecidos em ondas bem-vindas de calor. Ela se aconchegou a ele, colocando a cabeça encaixada na curva do queixo e deslizou uma das pernas entre as dele.

— Droga, mulher. Sua perna parece um pedaço de gelo — ele reclamou.

— Mmm, e você parece um forno quentinho — ela gemeu em apreciação.

Gabe esfregou suas costas e braços vigorosamente, trazendo à vida os membros adormecidos.

— Está melhor? — ele murmurou, beijando o topo da cabeça dela.

— Uhumm.

— Você quer ficar aqui ou ir para o quarto?

— Mmm.

Ele riu e deslizou a mão por debaixo da roupa dela, pelas costas, segurando sua bunda e massageando suavemente enquanto ela murmurava sonolenta em aprovação. Então, ele começou a acariciar levemente para baixo, na coxa, mal deixando as pontas dos dedos roçarem-na. Seus olhos se abriram e ela arqueou as costas, as mãos batendo em seu peito, quando tentou levantar e se afastar de seu toque.

— Aimeudeus, não, não, não — ela gritou.

Ele a ignorou e continuou seu ataque brincalhão, fazendo cócegas nas costelas, joelhos, pescoço e em qualquer lugar que ele conseguisse alcançar, até que estava se contorcendo toda.

— Você, você... ahhh, tá bom, pare, é sério, aimeudeus, por favor, você está me matando, ahhh! — Ela ria tanto que estava quase chorando e a caminho de hiperventilar.

Rindo, ele finalmente parou e levantou as mãos em trégua simulada.

— Tá bom, tá bom, vou parar. Já parei. Feliz? — Ele riu novamente quando ela o olhou com desconfiança.

— Não acredito em você — ela respondeu, as mãos levantadas defensivamente à sua frente. — Chega de cócegas.

— Chega — ele prometeu. — Mas você estava quase dormindo no meio da noite romântica que planejei para você.

— Ah, sinto muito — ela se desculpou, imediatamente se sentindo arrependida. — Agora estou acordada. Prometo.

— Bom — ele disse, puxando-a para mais perto e começou a beijá-la suavemente, a mão lentamente deslizando seu roupão por cima do ombro. Ele acariciou a pele macia de seu braço, fazendo com que os dedos dos pés dela enrolassem com o toque dele.

Sentindo-se encorajada, Annie deslizou uma mão sob o roupão dele e sorriu quando seu comprimento duro e liso pressionou contra seus dedos. Ela amava como facilmente poderia deixá-lo excitado, como ele sempre parecia querê-la como se fosse a primeira vez. Era uma sensação tão bem-vinda depois de namorar idiotas como Mark, a quem aceitou cegamente e ele fez o excelente trabalho de fazê-la se sentir incapaz de ser amada e desejada.

Sentando, ela levantou e lhe enviou um sorriso de "venha cá", quando deixou seu roupão deslizar completamente dos ombros, caindo no chão em uma poça ao redor dos pés. Gabe estreitou os olhos, estudando-a cuidadosamente por um segundo, antes de repente, ficar de pé. Inclinando-se, a agarrou pela cintura, facilmente levantando-a em seu ombro. Ela gritou e começou a rir novamente enquanto era carregada para o quarto; parando na beira da cama, ele a abaixou e a colocou de pé, antes de tirar o roupão e se juntar a ela.

Os lençóis eram frios ao toque, causando arrepios e fazendo seus mamilos endurecerem tanto que era quase doloroso. Ele enterrou o rosto no estômago dela, encostando o nariz no meio do abdome, enquanto lentamente subia até o seio.

Annie inalou profundamente quando sentiu a respiração dele em sua pele sensível e, em seguida, arfou quando sua boca quente fechou sobre uma das aréolas rosadas. O que sentiu enquanto seu mamilo era chupado a fez erguer os quadris da cama e gemer de puro prazer feminino, de tanto que o desejava. Ela arqueou, os dedos segurando firmemente o cabelo dele, puxando sua boca até a dela. Então a beijou sem sentido e fez amor com sua boca até que ela o implorou para ser comida.

Separando-se dos braços dela por um momento, ele pegou o preservativo que estava em cima da mesinha de cabeceira, mas ela levantou a mão para detê-lo. Ele ergueu uma sobrancelha e ela não teve coragem de encará-lo quando pigarreou.

— Hum, a decisão é sua, mas quero que saiba que eu tomo pílula, e já estamos juntos há algumas semanas, então, se você quiser, bem... você que sabe... hum, mas não precisa usar se não quiser.

Gabe a encarou por um momento, sua expressão indiscernível. Então seu rosto abriu um enorme sorriso e ele jogou a embalagem, ainda fechada, atrás dele. Agradecendo à sua estrela da sorte pela reação positiva dele, ela estremeceu em antecipação ao pensar na sensação de tê-lo dentro dela absolutamente nu... e com aqueles piercings. Se ele já conseguia dar orgasmos múltiplos usando camisinha, ela não conseguia nem imaginar como seria sem nada.

Retornando aos seus braços, ele a beijou profundamente e se posicionou entre as pernas, dela, deslizando a cabeça de seu pênis pulsante por suas dobras escorregadias. As pequenas bolas de metal de seus piercings a provocavam enquanto eram deslizadas por sua pele sensível. Annie gemeu e o estimulou a avançar mais rápido, com as pernas, mas ele não se mexia, deixando apenas a ponta continuando a deslizar para a frente e para trás, sem nunca entrar totalmente.

Por fim, enquanto continuava a se contorcer e gemer, esforçando-se para levantar os quadris para encontrar os dele, ele começou a empurrar lentamente até que seu comprimento estava totalmente enterrado nela. Ela não conseguia acreditar no quão incrível era a sensação dele dentro dela sem nenhuma barreira, apenas pele contra pele. A plenitude que sentiu era quase demais para suportar, e não demorou muito para ela começar a se mover freneticamente contra ele, querendo e precisando do atrito dele se movendo dentro e fora dela.

Lenta e profundamente, ele transou com ela, conduzindo-a mais e mais perto do clímax. Ela não conseguia parar a torrente de gemidos e murmúrios que lhe escapou enquanto ele se movia, sentindo os espasmos do primeiro orgasmo começarem a pulsar através de seu corpo. Com as pernas presas firmemente em volta dele, ela o cavalgou algumas vezes antes de ele começar a se mover novamente. Suas estocadas começaram a aumentar o ritmo, a testa descansando no travesseiro e sua boca gemendo de prazer no ouvido dela.

— Você é gostosa pra caralho — ele disse com a voz tensa. Abruptamente, ele se retirou dela e a ajudou a se sentar, girando o dedo em movimentos circulares. Ela sorriu e virou de bruços, e, então, ficou de quatro com a bunda para cima. Ele guiou seu pau latejante para baixo e deslizou suavemente para dentro dela com um forte impulso. Seus olhos se arregalaram com a sensação do solavanco para a frente, com a força da entrada, em seguida, se viu implorando por mais enquanto jogava os quadris contra ele.

— Querida, se você continuar fazendo isso, eu vou gozar.

— Bom — ela gemeu.

— Ainda não — ele disse, tentando parar os quadris por um momento, mas ela estava tão perto que continuou empurrando para trás, para ele, e um baixo gemido escapou de sua garganta quando começou a gozar novamente. Sua respiração sibilou bruscamente entre dentes e ele parou de resistir, deixando-a assumir o controle. Momentos depois, começou a atirar jorros quentes de esperma dentro dela enquanto grunhia sua libertação. Ele estocou mais algumas vezes em um movimento espasmódico, antes de cair em cima dela com um gemido alto.

Após alguns momentos, ele saiu de dentro dela e a puxou para perto, colocando suas costas em seu peito e a envolveu com os braços. Permaneceram assim por um momento e, em seguida, relutantemente, ela levantou da cama e foi ao banheiro se limpar. Quando voltou, ele já estava dormindo. Então, deitou bem próxima dele, aconchegando-se profundamente e sorriu com uma satisfação presunçosa antes de cair no sono.

Na manhã seguinte, Annie acordou com o som de água corrente e levantou a cabeça para olhar de soslaio a luz que vinha do banheiro.

— Que horas são? — ela resmungou quando Gabe voltou para o quarto.

— Um pouco depois das oito. Preciso sair em alguns minutos, mas estarei de volta por volta das cinco. Já pedi seu café da manhã, deve chegar em breve. Um carro está vindo me buscar, então deixei as chaves do Bimmer na mesinha de centro.

— Mmm, tem mesmo que ir agora? — Ela fez beicinho quando ele se inclinou para beijar sua testa.

— Negócios antes do prazer. — ele murmurou depois de lhe dar um beijo casto nos lábios. Seu perfume era inebriante e ela respirou profundamente seu aroma masculino quando o puxou para ela em um abraço afetuoso. Até tentou arrastá-lo para se juntar a ela de volta na cama, mas ele resistiu com uma gargalhada e a beijou no nariz antes de voltar a ficar de pé e ir embora. — Te ligo mais tarde — ele disse antes de pegar o paletó e sair do quarto, fechando suavemente a porta.

Annie permaneceu deitada por alguns minutos, olhando para o teto, apreciando a sensação da cama confortável. Um enorme bocejo ameaçou quebrar sua mandíbula quando ela lentamente se espreguiçou, esticando o corpo na diagonal, atravessada na cama. Abraçando um travesseiro macio, fechou os olhos e pensou na noite maravilhosa que Gabe lhe proporcionou. Era muito fácil se apaixonar por ele.

Ela se permitiu mais uns minutos de preguiça e de sonhar acordada, antes de rolar da cama e pegar o roupão caído no chão. Assim que levantou, a campainha tocou. Envolveu-se no roupão e o amarrou, então se dirigiu para a porta e verificou o olho mágico para confirmar que era o serviço de quarto. Ao abrir a porta, sorriu e gesticulou para o garçom entrar.

— Bom dia, Sra. Thomas. Trouxe seu café da manhã. Espero que tenha dormido bem — ele disse educadamente enquanto empurrava o carrinho para dentro da sala. Depois de arrumar um prato, talheres e guardanapo na mesa, ele puxou uma cadeira, gesticulando para ela se sentar e lhe entregou um guardanapo depois de abri-lo com um floreio praticado, então ela o colocou no colo. Em seguida, pôs dois pratos cobertos na frente dela.

Removendo as tampas, foram revelados ovos mexidos, bacon, batatas gratinadas e frutas frescas com iogurte grego e um fiozinho de mel. Ele puxou o plástico protetor de cima de um copo de suco de laranja espremido na hora e o colocou na frente dela também.

— Há mais alguma coisa de que precise, Sra. Thomas? — ele ofereceu, erguendo uma sobrancelha.

— Não, parece tudo maravilhoso. Muito obrigada. — Annie sorriu calorosamente e pegou a comanda que ele lhe entregou. Gabe tinha dito que era para colocar na conta do quarto, então ela adicionou uma gorjeta e assinou. Ela estava orgulhosa de não ter ofegado em voz alta pelo valor astronômico da conta... sessenta e cinco dólares e mais gorjeta... só no café da manhã para uma pessoa!

Ela também ficou orgulhosa por não ter reagido ao garçom ao ser chamada de Sra. Thomas, até que ele saiu da sala. Quando ficou sozinha novamente, não conseguiu conter o sorriso de orelha a orelha e fez uma leve dancinha feliz, ainda sentada na cadeira, levantando a faca e o garfo. Uma garota poderia facilmente se acostumar com essa vida.

O café da manhã estava delicioso. Como havia se exercitado com Gabe na noite anterior, não se sentia muito culpada por ter comido tanto. Quando não conseguiu comer mais nada, afastou a pequena mesa de café e se recostou na cadeira, acariciando a barriga cheia.

Ela tomou um banho rápido antes de vestir um jeans skinny e um top preto leve. Não querendo gastar tempo secando o cabelo, o puxou para trás em um coque apertado e aplicou uma leve camada de maquiagem. A rasteirinha foi um alívio bem-vindo depois do "salto puta" que usou por seis horas no dia anterior. Pegando as chaves do Bimmer e a bolsa, ela conferiu se estava com sua cópia da chave do quarto na carteira e saiu.

Assim que sentou no carro, Annie usou o *iPhone* para procurar orientações para o shopping mais próximo, que acabou sendo o Scottsdale Fashion Square, que ficava apenas a dez minutos do hotel.

— *Siri*, às vezes você é muito legal — ela pensou em voz alta para o celular, saindo do estacionamento com o Bimmer.

Passeando na Macy's, ela foi direto para a seção de fragrâncias femininas. Não demorou nada para encontrar seu atual perfume favorito, *J'adore*, da Dior, pegando o frasco do mostruário e borrifando um pouco em si mesma. Cheirando delicadamente o pulso, ela fechou os olhos e murmurou em aprovação. A essência delicada sempre a fazia se sentir feminina e supersexy.

Compras era um dos seus passatempos favoritos quando tinha dinheiro para gastar, e, já que o Natal era em pouco mais de uma semana, ela tinha a desculpa perfeita. Encontrou uma blusa bonita azul da cor do céu para a mãe, um prendedor de dinheiro em couro para o pai e uma bolsa clutch pequena e brilhosa para a irmã mais nova.

Seu dilema era o que comprar para Gabe. Eles só estavam juntos há pouco mais de duas semanas e ela não sabia qual presente seria apropriado. Depois de passear no shopping por mais de duas horas, finalmente escolheu o perfume *Lucky You*, da Lucky Brand. Para ser sincera, o presente era tanto para ela quanto para ele. Ela adorava o perfume e já estava ansiosa para sentir o cheiro nele.

Na volta ao hotel, ela foi pelo caminho mais longo da East Camelback Road, desfrutando mais um pouco de dirigir o Bimmer. Annie nunca tinha dirigido um carro tão bom antes e estava adorando a sensação do motor ronronando como um gatinho quando acelerava até quase cem quilómetros por hora em menos de seis segundos. A sensação era emocionante e ela não conseguiu evitar o aumento da velocidade quando ouviu no rádio Florence Welch lamentando sobre "viver uma falsa ternura".

Dirigindo em alta velocidade na estrada, ela cantou junto e balançou a cabeça no ritmo da música, durante o refrão. Logo, chegou ao hotel e levou as compras para o quarto. Como tinha algumas horas antes de Gabe chegar, decidiu aceitar sua outra oferta de entretenimento e ligou para o concierge.

— Boa tarde, Sra. Thomas. Em que posso ajudá-la?

Annie piscou e hesitou, tentando saborear o momento quando novamente ouviu alguém a chamar por essas duas palavras perfeitas: *Sra. Thomas.*

— Ahh, sim, gostaria de pedir que um massagista viesse até meu quarto esta tarde, se possível.

— Claro, Sra. Thomas. Que horas você gostaria que ele fosse?

— O primeiro que você tiver disponível seria ótimo.

— Posso enviar o Steven daqui a meia hora. Tudo bem?

— Perfeito, muito obrigada.

— Gostaria que eu mandasse a comanda para o quarto?

— Sim, por favor. Eu posso adicionar a gorjeta também na comanda ou preciso pagar em dinheiro?

— Você pode adicioná-la ao total e pagar na conta do quarto.

— Maravilha.

— Mais alguma coisa em que posso ajudá-la?

— Não, isso é tudo. Obrigada mais uma vez.

— De nada, Sra. Thomas. Espero que aproveite a massagem e o resto da estadia aqui no Sanctuary. Não hesite em nos ligar novamente se precisar de alguma coisa.

— Obrigada. — Annie desligou o telefone e sorriu. O serviço neste lugar era definitivamente de alto nível, e ela estava adorando.

Exatamente meia hora mais tarde, a campainha tocou e ela abriu a porta, encontrando um jovem rapaz lindo, de pé, diante dela. *Graças a Deus*, pensou em silêncio enquanto tentava não ficar boquiaberta.

— Oi, eu sou Steven. Sra. Thomas? — ele perguntou, arqueando uma sobrancelha. Deus a ajude, ele tinha o sotaque sulista mais sexy que ela já tinha ouvido.

— Sim, por favor, entre — ela disse, gesticulando para ele.

— Obrigado, como está o seu dia hoje, madame?

— Ótimo. Adiantei o resto das minhas compras de Natal... e agora vou me mimar com uma massagem. Não poderia ter um dia melhor — ela disse, sorrindo.

— Oh, é verdade. Eu também preciso terminar minhas compras de Natal antes de ir para casa na semana que vem — ele conversou amigavelmente, e logo a deixou à vontade. Ela nunca tinha feito massagem com um profissional antes e não sabia o que esperar. Mas ele pareceu não perceber e foi muito profissional, montando a mesa enquanto falava sobre visitar a família no feriado. Depois de tudo preparado, pediu licença para usar o banheiro, dando-lhe uns minutos de privacidade para tirar o roupão e ficar sob a toalha, na mesa de massagem.

Steven voltou, ligou o som e colocou uma música suave para tocar, então esfregou as mãos juntas, rapidamente, para que não estivessem frias quando tocassem a pele dela. Despejando um pouco de óleo perfumado de eucalipto na palma da mão, ele novamente esfregou as mãos antes de deslizá-las no meio das costas dela. Apertou com firmeza, mas suavemente, enquanto as movia para cima e para baixo, mantendo seus movimentos suaves e lentos, trabalhando as torções de seus músculos.

Annie não conseguiu evitar um gemido ao sentir toda a tensão e o stress da semana anterior se dissiparem pouco a pouco. Era o paraíso. Ela estava literalmente no paraíso da terra e desejava que essa sensação de pura felicidade nunca terminasse. A hora voou, e cedo demais Steven estava suavemente tocando em seu ombro para acordá-la, já que tinha caído no sono durante os últimos minutos da massagem, enquanto ele trabalhava as mãos dela.

Ele voltou ao banheiro novamente para lhe dar tempo de sentar e vestir o roupão. Ela assinou o nome de Gabe no recibo e, antes de devolver a ele, adicionou uma gorjeta generosa. Ela desejou-lhe um "Feliz Natal" antecipado e deu tchau antes de ele sair do quarto e fechar a porta.

Ainda eram só três da tarde e ela estava se sentindo totalmente relaxada e sonolenta de sua sessão de mimos, então decidiu tirar uma soneca na enorme cama, se aconchegando nos travesseiros macios, caindo rapidamente em um sono profundo. Gabe a encontrou assim, duas horas mais tarde, quando voltou ao quarto. Sorrindo, ele se sentou na cama ao lado dela, inclinando-se para dar um leve beijo em seus lábios doces, que estavam ligeiramente entreabertos enquanto dormia. Gemendo baixinho, seus olhos se abriram, ela piscou um pouco enquanto tentava focar no rosto à sua frente.

— Mmm, você voltou — ela murmurou. — Senti sua falta hoje.

— Senti sua também. Está a fim de levantar e sair para jantar?

— E se pedirmos serviço de quarto hoje?

— Claro, podemos pedir. — Ele sorriu e beijou o topo da sua cabeça. — Por que não olha o cardápio enquanto eu me troco? — Alcançando o cardápio, ele o entregou a ela e se levantou para trocar a roupa de trabalho por um jeans desbotado e uma camiseta branca. Tirou as meias e mexeu os dedos dos pés, suspirando.

— Eu odeio sapatos sociais — queixou-se.

— Tente usar "saltos puta" por seis horas — ela disse, rindo.

— Muito engraçadinha — ele disse rindo, antes de se juntar a ela na cama; deitando ao lado dela e se escorando no cotovelo, ele olhou o cardápio. Ambos escolheram costelas de porco assadas com salada de couve, queijo e batata baroa crocante. Gabe fez o pedido, acrescentando também uma torta assada de maçã com cerejas e sorvete com amêndoas torradas, além de uma garrafa de *Cabernet Sauvignon*.

O jantar chegou pontualmente em trinta minutos, e eles decidiram comer fora, no pátio, com as velas acesas e uma música suave tocando. One Republic cantava uma serenata sobre a boa vida. A comida estava divina e Gabe acabou sua comida bem antes dela. Então, começou a roubar a batata baroa crocante dela; ela só protestou por um instante antes de ele deslizar o prato com a torta de maçã na frente dela.

— Mmm — Annie cantarolou em apreciação, fechando os olhos e inalando profundamente o perfume quente da maçã, esquecendo-se completamente de sua comida "roubada".

Saciados e com sono, eles decidiram ir para cama juntos e alugar um filme. Na metade do filme, ela teve que sufocar uma risadinha quando o ouviu começar a roncar alto. O pobre coitado estava exausto e parecia adorável dormindo ao lado dela, com a cabeça no travesseiro, um braço descansando na testa enquanto o peito subia e descia a cada respiração profunda. Sorrindo, ela se aconchegou mais a ele, sentindo seu coração apertar ainda mais.

Capitulo 7

Gabe levou Annie de volta ao aeroporto na manhã seguinte, depois de um rápido café da manhã em uma lanchonete na rua do hotel. Ele se despediu com abraços e beijos e a agradeceu por ter vindo se encontrar com ele e prometeu ligar assim que voltasse para casa, naquela noite. Tinha sido um fim de semana incrivelmente perfeito, e ela já estava temendo voltar a trabalhar, de manhã. Pelo lado positivo, Alex vinha jantar, e ela poderia contar tudo sobre seu fim de semana super-romântico com Gabe.

Pegando um táxi no aeroporto de Los Angeles, ela recuperou seu carro no estacionamento do escritório e parou no *Trader Joe,* a caminho de casa, para comprar os ingredientes para um simples refogado de frango com legumes. Ela estava exausta da viagem e preferia ter pedido delivery, mas sabia que Alex ficaria decepcionado. O refogado era simples e rápido, e uma alternativa sempre deliciosa. Pegando o celular, rapidamente o enviou uma mensagem de texto perguntando o que ele iria fazer de sobremesa para que ela pudesse comprar um vinho que combinasse. Em menos de um minuto, ele respondeu dizendo que tinha acabado de fazer um bolo mousse de chocolate e pediu para ela comprar algumas coisas para ele.

Assim que entrou em casa, largou a bolsa e a bagagem de mão ao lado da porta e seguiu até a cozinha para guardar as compras. Voltando à sala, abriu a bagagem de mão e colocou os presentes de Natal que tinha comprado para Gabe e sua família na mesa de centro, em seguida, jogou as roupas no cesto de roupas sujas e voltou as coisas de higiene pessoal para o banheiro.

Deitando no sofá, ligou a TV, buscando a lista de gravações no dvr. Selecionando um episódio de *House Hunters International*, assistiu por alguns minutos antes dos olhos começarem a fechar. Passado mais um minuto, ela estava inerte e roncando suavemente enquanto dormia profundamente.

Annie sentiu como se não tivesse dormido quase nada quando a campainha tocou três horas mais tarde. Alex gritou por ela enquanto tocava a campainha e batia na porta.

— Mulher, não me diga que você pegou no sono.

Ela abriu os olhos quando acordou em pânico, instintivamente, virou para o lado e caiu do sofá com um baque.

— Ai — reclamou, estremecendo ligeiramente. — Por que sou tão desastrada? — murmurou ao se levantar e foi abrir a porta para um Alex impaciente que estava carregando uma bandeja de bolo e parecendo um pouco irritado. — Desculpa, desculpa... Só fechei os olhos por um minuto e, quando dei por mim, você estava tocando a campainha.

— Mmmhmm — foi tudo o que ele disse quando a olhou de cima a baixo. — Bem, vai me convidar para entrar ou o quê?

— Desculpe... ainda estou meio sonolenta — Annie murmurou, dando um passo atrás para deixá-lo entrar.

— Então, como a sua viagem? — ele perguntou enquanto carregava o bolo até a cozinha, colocando-o em cima do balcão. Serviu-se de uma taça de vinho e voltou para a sala de estar, se sentando ao lado dela.

— Perfeito demais para colocar em palavras.

— Bem, tente mesmo assim — disse ele, erguendo uma sobrancelha. —

Eu preciso de detalhes e distração nesse momento. O menino Pilates não vai mais aparecer.

— Pensei que o tivesse conhecido na ioga.

— Tanto faz — ele disse com um suspiro e revirar de olhos, virando um grande gole de sua taça de vinho. — De qualquer forma, quero ouvir mais, continue.

— Bem, ele me buscou no aeroporto e me levou para jantar em um ótimo restaurante tailandês. Nos hospedamos num resort chamado Sanctuary, em Camelback, e saca só: nosso quarto era ligado a um pátio fechado e, ao ar livre, tinha uma banheira, na qual tomamos banho de espuma juntos ao luar e sob as estrelas. Ele espalhou pétalas pelo pátio, e havia velas e música suave tocando. Foi super-romântico.

— Uau, parece que ele te impressionou bastante.

— Totalmente. E há outra coisa... Finalmente transamos sem camisinha.

— Você o quê? Você acabou de começar a sair com esse cara — Alex disse, franzindo o nariz, parecendo um pouco chocado.

— Eu sei, mas já faz algumas semanas e fizemos todos os testes.

— Se ele disse...

Ela riu.

— Eu confio nele.

— Mmm.

— Confio.

— Mmmhmm. — Ele ainda parecia cético, mas ela não disse nada, apenas sorriu e deu de ombros. — Bem, não faça suspense. Como foi?

— Incrível, como eu sabia que seria. Ele me arruinou completamente para outra pessoa. Depois que você tenta com piercing, bem... você sabe — ela disse, suspirando sonhadoramente.

— Não, querida, não sei.

— Bem, confie em mim, é simplesmente... uau! Ele teve reuniões o dia todo ontem, então eu fui ao shopping e fiz umas compras de Natal, e, na volta ao hotel, tive uma hora de massagem feita pelo menino mais fofo do Sul, com mãos mágicas e um sotaque sexy. Ele transportou-me para um lugar especial.

— Uh, você não está falando de um "final feliz", né?

Annie lhe bateu no braço e revirou os olhos.

— Não era esse tipo de massagem.

— Ai, por que você sempre me bate?

— Te machuquei?

— Não, só estou te enchendo o saco.

Ela bateu nele novamente e colocou a língua de fora, fazendo-o rir.

— Venha me ajudar a fazer o jantar. Você pode cortar os legumes.

— Oh, que maravilha! Então, o que vocês fizeram ontem à noite? — Alex a seguiu até a cozinha e a esperou pegar a tábua na parte de trás da pia e colocar os legumes em cima do balcão para ele cortar. — Faca?

— Oh, desculpe. Aqui está. — Ela pegou uma grande faca cor-de-rosa da sua gaveta de utensílio e entregou a ele.

— Rosa?

— Foi um presente de Natal antecipado da minha tia. Ela trabalha numa sofisticada e top de linha, loja de utensílios de cozinha.

Ele olhou descrente para a faca, então deu de ombros e começou a cortar cenouras, brócolis, pimentões e cebolas para o refogado. Ele tinha começado a cortar uma cenoura quando ergueu a sobrancelha, olhou para a faca novamente e assentiu com a cabeça.

— Sua tia tem bom gosto para facas.

Annie riu e balançou a cabeça, concordando.

— Tem mesmo. Ah, e, a propósito, suas compras estão aqui. Não se esqueça de levá-las. — Ela deu um tapinha no saco de papel do *Trader Joe's*, que estava na beira do balcão, e ele assentiu em agradecimento. — Voltando a ontem, nós decidimos não sair e pedir serviço de quarto, então, jantamos, devoramos a sobremesa e depois nos aconchegamos na cama e assistimos um filme, mas ele dormiu no meio.

— Ah... bem, isso é bom e chato.

— Não! Foi doce e perfeito, adorei estar lá com ele e tudo o que fizemos juntos.

— Mmm... garota, você está perdidamente apaixonada.

— Eu sei. — Ela assentiu imediatamente, com um sorriso sonhador. — Ele disse que vai me ligar quando voltar de Phoenix, esta noite, mas só voltará tarde. Te mantenho informado — ela prometeu com uma piscadela.

Gabe não ligou. Annie esperou até quase meia-noite, antes de decidir lhe enviar uma mensagem de texto, dizendo a si mesma que era só para saber se ele estava bem. Odiava ser patética e grudenta, mas, quando uma mulher passa a melhor noite da sua vida com um cara, ela ainda precisa de algumas garantias de que isso realmente aconteceu e não foi apenas um sonho ou fruto da sua imaginação.

Annie: Oi, querido, me preparando para dormir e pensando em você. Obrigada por me convidar para ir a Phoenix e ter me dado o fim de semana mais incrível da minha vida. Tudo foi maravilhoso, e me diverti bastante.

Duas horas mais tarde, quando ele não respondeu, ela finalmente desligou a TV e foi para a cama, imaginando mil situações diferentes do porquê ele não se preocupou em enviar uma mensagem ou ligou como havia prometido. Não importa o que se passava na cabeça dela, coisa boa não parecia ser. Ela disse a si mesma que provavelmente não era nada e tentou dormir um pouco, antes de ter que estar de pé para trabalhar bem cedo na manhã seguinte, mas só lá pelas quatro da manhã é que finalmente dormiu, exausta.

O nó na barriga ainda estava lá quando ela acordou algumas horas depois, se sentindo como se estivesse num verdadeiro inferno, mal conseguindo manter os olhos abertos. Por um momento, chegou a pensar em dizer no trabalho que estava doente, mas tinha dito a duas amigas do trabalho sobre sua viagem a Phoenix, e elas iriam supor que ela estava fingindo. Apesar de gostar bastante das duas meninas, ela não duvidava de que pudessem bater com a língua nos dentes para o chefe — eram um grupo unido e fazer fofocas dentro do escritório era inevitável.

Fazendo seu café extraforte, Annie estava determinada a começar o dia sem deixar que o mau humor e a falta de sono afetassem seu desempenho no trabalho.

O dia estava se arrastando, típico de uma segunda-feira, e, à medida que o tempo passava, ela sentia que estava a ponto de desistir e pedir para sair mais cedo, e ainda não era nem meio-dia. Sem apetite, ela decidiu tirar um cochilo no carro no horário do almoço. Sentou-se olhando para o telefone na mão, debatendo se devia ou não enviar outra mensagem de texto a Gabe. Decidida, começou a digitar uma mensagem, quando o celular tocou e era ele. Sorrindo aliviada, ela rapidamente atendeu a ligação.

— Oi, querido — ela disse.

— Ah... Oi.

— O que houve? Seu tom está estranho.

Gabe suspirou.

— Nós precisamos conversar, mas não por telefone. Posso passar na sua casa depois que eu sair do trabalho, hoje à noite?

O coração da Annie afundou.

— Sim, claro, mas o que houve? Você está bem?

— Sim, estou bem. Bem, na verdade, não, mas... eu não posso falar agora. Conversamos à noite. Desculpa fazer isso com você, enquanto está ainda no trabalho, mas preciso conversar com você pessoalmente.

— Claro, eu entendo — ela disse. — Devo estar em casa depois das seis.

— Tá bom. Te vejo depois.

— Até logo.

Encarando o celular novamente, Annie permaneceu sentada ali por um momento, seu coração na garganta. Ela temia bastante o que seria "a conversa" com ele, mas ainda tinha esperança de que fosse outra coisa completamente diferente. Ela rezou para que ele fosse diferente e provasse que ela estava errada, mas a sensação incômoda que sentia desde que tinha começado a vê-lo se tornara cada vez mais difícil de ignorar. Tanta coisa por um cochilo...

O resto da tarde passou voando, e Annie quase chorou de frustração com a ironia de tudo. Quando estava ansiosa para chegar em casa, os minutos se arrastaram mais lentos do que um caracol, mas, quando temia o inevitável — a qual seria, sem dúvida, a pior noite de sua vida —, o dia acelerou como nunca. Ela estava sendo empurrada rapidamente para um confronto com Gabe, mas desejava parar o tempo e retomar o controle da situação.

Seu coração batia rápido demais e as palmas das mãos estavam suadas quando a campainha tocou, mas ela respirou profundamente e se forçou a caminhar normalmente para destrancar e abrir a porta para Gabe. Ela lhe deu um sorriso hesitante quando recuou para deixá-lo entrar.

— Oi — ele disse, parado ali de pé, congelado na porta, por um momento. Ele não estava sorrindo e parecia um pouco em estado de choque. Seu rosto parecia abatido, como se não tivesse dormido há dias, mas ela o tinha visto ontem de manhã, antes voltar de Phoenix, e ele parecia muito bem.

— Oi... hum, você está bem? — ela perguntou, as sobrancelhas erguidas em uma carranca quando notou que ele estava pálido.

Balançando a cabeça, ele olhou para o chão e caminhou lentamente até a sala, sentando-se no sofá. Olhou fixamente para a mesa de centro por um minuto e então se inclinou para frente, colocando a cabeça entre as mãos e passando os dedos pelo cabelo. Com as mãos trêmulas, ela fechou a porta e se juntou a ele no sofá, sentando-se com o corpo angulado para encará-lo.

— Annie, não sei como te dizer isto de uma forma que não vá te machucar e não seja tão fodida. Tudo que posso dizer em minha defesa é que eu realmente me preocupo com você e nunca quis que isso acontecesse. Você tem que acreditar em mim quando te digo isso.

— Gabe, o que houve? Agora você está me assustando de verdade.

— Desculpa, não estou sabendo como falar ou lidar com a situação. Porra, nem sei o que dizer. Você é uma pessoa maravilhosa e uma mulher linda por dentro e por fora. Queria que fosse diferente, porque eu realmente me importo e adoro ficar com você.

— Conversa comigo e me diz o que está acontecendo. Vamos descobrir o que quer que seja, juntos.

— Não há nada para descobrir; já foi decidido.

— O que você quer dizer? O que já foi decidido?

— Olha, hum... tudo bem. Então, eu te disse que tinha saído de um relacionamento sério há um ano e meio atrás, lembra?

Ela balançou a cabeça lentamente, sentindo uma sensação de buraco no estômago.

— Bem, Genevieve e eu terminamos oficialmente o namoro naquela época, mas nós ainda nos víamos de vez em quando. Era fácil e confortável quando ambos tínhamos vontade de transar.

— Ok — ela disse. — Isso eu entendo... mas por que você está me contando isso? Vai voltar com ela?

Ele ficou em silêncio por um longo instante antes de finalmente responder:

— Não porque eu quero.

Seu coração afundou com as palavras dele e ela balançou a cabeça, sem saber se tinha ouvido corretamente. Ela estava brincando quando perguntou se ele ia reatar o namoro.

— O quê? — ela sussurrou incrédula.

— Annie, ela está grávida.

— O quê?! — Annie não conseguiu continuar falando baixo, foi ficando um pouco histérica quando sentiu o coração ser arrancado do peito por esse homem lindo que tinha acabado de lhe proporcionar o final de semana mais incrível de sua vida, só para lhe dizer, no dia seguinte, que a ex estava grávida e que eles iam reatar o namoro.

— Eu sinto muito, Annie. Nunca quis que isso acontecesse. Mas

Genevieve é católica e a família dela não aceita o aborto, e nem a minha. Nós vamos voltar para que eu possa ajudar a cuidar do bebê.

Ela não conseguia respirar; não sabia o que fazer, mas tinha que dizer algo.

— Mas isso significa que vocês têm que voltar? Você disse que a sua casa é enorme, então ela poderia ter um quarto para ela e o bebê, não? — Annie sabia que estava desesperada, mas não estava pronta para desistir e perder o melhor sexo da sua vida sem lutar.

— Bem, na verdade, conversamos sobre tentar continuarmos amigos e só criarmos a criança juntos, mas, quanto mais conversamos, mais sinto como se fosse algo que preciso fazer... algo que eu quero fazer. Devo ao meu filho outra chance com a mãe dele.

— E eu? O que você me deve? — Ela encolheu-se ao perceber como estava soando patética e chorona.

— O maior pedido de desculpas do mundo. Não sei mais o que dizer... você merece algo muito melhor e eu sinto muito te machucar. — Ele acariciou o joelho dela e a puxou para um abraço apertado. — Mas você vai ficar bem. Eu sei que vai.

Annie o afastou, a cabeça girando e a mente confusa enquanto tentava processar a notícia devastadora. Talvez, algum dia, ela o perdoaria e até poderiam ser amigos, mas, nesse momento, não queria que ele a tocasse.

Ele tinha acabado de jogar a vida dela pelos ares, a fez se apaixonar nas últimas duas semanas, envolvendo o coração dela em torno de seu dedo mindinho apenas para, cruelmente, destruir sua felicidade. Quem sabe quanto tempo levará para se recuperar disto, para recolher os cacos de seus sonhos destruídos e seguir em frente com sua vida? Ela estava começando a se sentir incapaz de ser feliz. Parecia que, toda vez que amor estava ao seu alcance, não importava o que fizesse, ela se iludia e ficava com o coração partido mais uma vez.

— Vá embora. Saia daqui. Por favor, vá, agora — Annie suplicou, sem conseguir olhar para ele.

Parecendo não saber o que mais fazer ou dizer, Gabe murmurou outro pedido de desculpas, se levantou e foi embora. Ela não o levou para fora e nem sequer o olhou quando ele se virou, já da porta, e a olhou suplicantemente, desejando que ela o compreendesse e perdoasse. Ela não estava nem de longe pronta para fazer isso, nem mesmo para ele poder ter paz de espírito. Neste momento, ela queria — *precisava* — que ele se sentisse tão na merda quanto ela.

Depois que ele foi embora, ela permaneceu sentada no sofá, olhando fixamente para o nada. Lentamente, uma lágrima quente escorreu e queimou sua bochecha, seguida por outra e outra — e, então de repente, ela não conseguiu mais se segurar e uma torrente de lágrimas caiu livremente, deixando marcas listradas de maquiagem no rosto.

Annie chorou de soluçar na almofada do sofá, seus ombros magros convulsionando a cada soluço, enquanto sofria por sua perda. Ela se repreendeu por se enganar ao pensar que ele estava se apaixonando por ela, se censurou por acreditar que compartilhavam algo especial e continuou a chorar lágrimas de dor e pesar quando sentiu algo dentro dela secar e morrer. Quantas vezes mais ela poderia sobreviver a um desgosto total e absoluto como este? Sentia-se rejeitada e quebrada, deixada sem nenhuma vontade de lutar.

Seu cérebro dizia que ela ficaria bem novamente, eventualmente, e sabia que, no fundo, isso era verdade. Por enquanto, chorava como se seu mundo tivesse terminado, até que não houvesse mais lágrimas, deixando a exaustão subjugá-la para, então, conseguir desmaiar em um sono profundo, sem sonhos.

Capitulo 8

Annie acordou na manhã seguinte se sentindo como se estivesse morta. Sua boca estava seca de sede e os olhos inchados de tanto chorar, então, propositalmente, evitou o espelho do banheiro, não querendo ver o quão terrível parecia. Em vez disso, foi direto para o banho e fez o melhor para lavar as evidências de sua sessão de autopiedade.

Fortalecendo-se com a cafeína, ela finalmente enfrentou o espelho e quase começou a chorar novamente. Seus olhos estavam, de fato, pequenos e inchados e parecia que alguém tinha usado o rosto dela como saco de pancadas. Pegando o celular, enviou uma mensagem de texto ao chefe, avisando-o que não se sentia bem e não iria trabalhar.

Foi até o quarto e pegou o edredom e travesseiro favoritos e se dirigiu para a sala, onde se deitou no sofá e ligou a TV e o Blu-Ray. Decidiu ver uma maratona de comédias românticas, começando pelo seu favorito, *Enquanto você dormia*.

Ela começou a fungar e limpou os olhos quando Lucy quase casou com Peter na capela do hospital, depois de ele acordar do coma, para descobrir se seu irmão Jack seria contrário ao casamento, porque tinha se apaixonado durante o coma de Peter e queria casar-se com ela. *Onde está o meu Jack para lutar por mim?* Limpando as lágrimas, ela suspirou e se perguntou se ele estava lá fora em algum lugar — tinha que ser alguém que não hesitaria em colocá-la em primeiro plano.

Em seguida, foi *Um lugar chamado Notting Hill*, que trouxe uma nova rodada de lágrimas quando Will correu para encontrar Anna numa entrevista coletiva e lhe disse que tinha sido um "grande idiota", além de perguntar se ela reconsideraria permanecer em Londres. Naquele momento, ela desmoronou e fechou os olhos, desejando que Gabe magicamente aparecesse na sua porta, dizendo que tinha sido um "grande idiota" e que não ia voltar com a Genevieve. Mas, conhecendo sua sorte, isso nunca iria acontecer.

Afinado no Amor encerrou sua maratona de filmes, e ela chorou novamente quando Robbie seguiu Julia para Las Vegas e fez uma serenata no avião, com Billy Idol cantando que ele só queria envelhecer com ela. Ela lembrou de Gabe cantando para ela na banheira ao ar livre em Phoenix e seu coração doeu com a lembrança. Ainda sentia bastante a perda do homem que, até ontem, tinha potencial para ser o amor de sua vida. O celular dela apitou alertando-a do recebimento de uma mensagem de texto e, relutantemente, esticou a mão para pegar o aparelho e ver quem era.

Alex: Sua cachorra, cadê você? Não te vi no messenger o dia todo. Você fugiu para Salt Lake City ou em algum outro lugar, igualmente desinteressante, desta vez?

Merda. Mergulhada em seu autodesespero, ela tinha esquecido completamente de manter Alex informado sobre as últimas notícias de Gabe.

Annie: Não, estou em casa... faltei o trabalho... Gabe infelizmente foi pelo mesmo caminho do menino Pilates.

Alex: O quê?! Fala sério! Depois desse fim de semana super-romântico?

Annie: *É* uma longa história.

Alex: Sou todo ouvidos.

Annie: Mais tarde e pessoalmente, quando eu não estiver na merda e não parecer que apliquei Botox na cara.

Alex: Ah, querida. O que quer que tenha acontecido, saiba que ele não vale a pena.

Annie: Obrigada. Só preciso de alguns dias de luto para colocar a cabeça no lugar. Te ligo assim que eu me sentir sociável.

Alex: Te amo, garota. Vai ficar tudo bem. Lembre-se, não se lastime.

Annie: Eu sei, também te amo. Ligarei logo.

Nas próximas semanas, Annie enfiou a cara no trabalho, resolvendo todas as pendências, mas, por dentro, sentia-se vazia e dormente. O Natal chegou e ela mal notou. Durante o tempo que passou com a família, na casa dos pais, colocou um sorriso falso no rosto e tentou desfrutar da companhia deles, não querendo estragar o feriado de ninguém. Mas, quando voltou para casa, o sorriso falso foi embora e ela se sentiu sozinha e triste.

Durante a semana, no trabalho, se viu olhando para o relógio com mais frequência, desejando que a hora passasse depressa para que pudesse sair do escritório, novamente. As noites em casa eram longas e solitárias, e ela começou a rolar pelos anúncios do *Craigslist* novamente, à procura de alguém para lhe fazer companhia.

Uma noite, até mesmo recorreu a postar na seção de *Encontros casuais*; estava desesperada para encontrar alguém para ficar com ela e amá-la. Não foi difícil se convencer de que, talvez, eventualmente, um desses caras aleatórios com os quais ela estava pensando em sair, poderia vir a ser um cara legal. Imaginou que ele a olharia e realmente veria a pessoa maravilhosamente boa que ela era por dentro, em vez de apenas mais uma mulher qualquer. Mesmo que o cara estivesse procurando só diversão e uma aventura casual, de alguma forma, decidiria querer ficar com ela só porque era incrível.

Na realidade, ela estava completamente alucinada e em uma espiral cada vez mais fora de controle. Pesquisar anúncios de outras mulheres antes de escrever o primeiro anúncio no *Encontros casuais* não a fez se sentir melhor sobre suas perspectivas.

```
Deixe-me chupar seu pau, velho safado - 22

Meu buraco está com fome do seu creme - 25

Vagabunda submissa gosta de engolir um comprimento longo e
quente - 34

Onde estão todos os cowboys? - 45
```

Por que uma pessoa não pode apenas querer ter uma diversão casual, um pouco romântica, sem ter que parecer tão sujo e grosseiro? Rolando pelos cabeçalhos com desdém, ela clicou no link para criar uma nova postagem e se preparou para digitar. Vasculhar a seção de *Encontros casuais* da *Craigslist* para homens poderia deixá-la ainda mais pra baixo, mas pelo menos poderia ser mais original.

```
Prá Lá de Bagdá, Dave Matthews, Dexter, estilo cachorrinho - 25
```

Você deve estar se perguntando o que essas quatro coisas têm em comum. São apenas algumas das minhas favoritas. Caso você tenha interesses semelhantes aos meus, me mande sua foto e o nome de quatro coisas favoritas suas, em troca. Sou fã de pessoas que me façam sentir confortável e também me façam rir... seremos amigos que gostam de se divertir juntos. ;) Sou meio asiática, 1,73 m, tonificada. Meu tipo é um cara alto, com braços fortes, olhos grandes, um belo abdome e um sorriso matador; de preferência, que saiba dan*çar*. Nos conheceríamos primeiro em uma boate e dançar*íamos* juntos — em parte para eu ter certeza de que você não é uma pessoa louca e se parece com a sua foto, e a outra parte *é* para que possa me convencer, com seus movimentos suaves, de que eu quero ir para a sua casa. Você está pronto para o desafio?

Annie não teve que esperar muito tempo para os e-mails começarem a encher sua caixa de entrada. A maioria era curto e direto ao ponto, indicando que os caras realmente não tinham lido seu anúncio e devem ter pensando que não valia a pena elaborar mais as respostas. O que há de errado com os homens de hoje em dia? Estava se tornando raro encontrar homens que soubessem o significado de preliminares, verbais e físicas. No entanto, houve um e-mail que lhe chamou a atenção.

De: Nate Skyles
Assunto: Alpinismo, arte, Con Air, estilo cachorrinho (roubei de você)
Data: 5 de janeiro de 2013 18:15
Para: vbr2f-2725549819@pers.craigslist.org

Oi! Meu nome é Nate. Vi o seu anúncio no Craigslist e resolvi responder. Contando um pouco sobre mim: tenho 1,83m e oitenta e oito quilos. Danço ballet desde os onze anos, sempre que posso. Quando as pessoas me perguntam o que eu sou, respondo: dançarino, mesmo não sendo profissional nem nada. E posso dançar numa boate sem problemas também. A dança é bastante universal, rsrs. Meu outro hobby é o alpinismo, o que é bom e uma maneira divertida de ficar em forma. Adoro desenhar e pintar... e, às vezes, faço um freelance como fotógrafo. Sou um pouco dominador na cama... nada muito ousado, mas adoro colocar a mulher na posição que eu mais gosto, que é de quatro. Também sou extremamente vocal; nada me faria mais feliz do que te sujeitar a mim e te comer até você gozar. De qualquer forma, você parece muito legal e eu adoraria te conhecer. Estou superansioso pela sua resposta. :)

Estavam anexadas várias fotos de um cara de boa aparência, com cabelo loiro ondulado; em uma, ele estava numa apresentação de balé. Parecia ser magro e fisicamente forte, e tinha um sorriso preguiçoso que fez seus dedos dos pés enrolarem. Ela com certeza iria responder a ele. Sua maior fraqueza num homem era ele saber dançar. A segunda maior era o sotaque, de preferência, britânico. Juntando os dois... nossa, era a combinação perfeita. Mas cavalo dado não se olha os dentes... é melhor um pássaro na mão do que dois voando.

De: Annie Chang
Assunto: Sobre ficar de quatro
Data: 5 de janeiro de 2013 18:47
Para: Nate Skyles

Oi, Nate, meu nome é Annie e gostei da sua resposta. Gostei de saber que você dança e isso é uma enorme vantagem comigo. Nunca fiz alpinismo, mas parece muito intenso. Frequentemente caminho bastante e, embora não saiba bem se eu gostaria de escalar uma rocha, acho que adoraria escalar você. ;) É bom que você seja vocal no sexo, eu também sou bastante. Nada daqueles barulhos bregas de estrelas pornôs, mas, definitivamente, gosto de ouvir o tipo de reação que posso tirar de um cara quando deslizo a língua pelo abdômen dele e de um lado a outro do quadril, antes de tomá-lo em minha boca.

E gosto de homem que sabe o que quer... especialmente na cama. Adoro a posição de quatro por causa da penetração profunda, mas também porque facilita a boceta bater de volta no pau quando sou penetrada. Sei que o movimento de vai e vem é o mais importante, mas espero que você tenha um equipamento decente e saiba fazê-lo funcionar bem. ;) Embora eu ame fazer sexo, também gosto de desfrutar da boa amizade com o cara com quem eu estou me divertindo, antes e depois de transar. Não estou só à procura de uma simples rapidinha, na qual o cara vai embora logo depois. Ainda está interessado?

Depois de anexar algumas fotos recentes, Annie enviou o e-mail e então imediatamente se arrependeu. O que diabos ela estava fazendo? Ela poderia realmente continuar com isso e se encontrar com um cara qualquer? Ela não estava certa, mas se lembrou de que não era obrigada a fazer nada. Iria esperar e ver o que aconteceria. Talvez ele nem respondesse.

Cruzando os braços, ela deixou seus pensamentos à deriva e se pegou pensando em Gabe. Imaginou-o se ocupando com consultas de pré-natal e cuidados com Genevieve, fazendo o enxoval do bebê e transformando um de seus quartos vazios em quarto infantil. Annie pensou em como as coisas poderiam ter sido se ele a tivesse conhecido primeiro. Já estava se sentindo idiota por terem transado sem camisinha. E se ela tivesse engravidado? Que confusão teria sido.

Suspirando, inclinou-se para frente e verificou sua caixa de entrada. Nate tinha acabado de responder. Nervosa, abriu o e-mail e então riu sozinha. Estava agindo como se ele pudesse vê-la enquanto lia o e-mail.

De: Nate Skyles
Assunto: Excitado... no trabalho
Data: 5 de janeiro de 2013 19:35
Para: Annie Chang

Sim, ainda estou muito interessado. Concordo — quero uma amizade com benefícios. A parte da amizade é tão importante quanto qualquer outra. Tudo o que você disse parece incrível. Foi um erro ler o seu e-mail enquanto estou no trabalho; agora fiquei excitado! Felizmente, ninguém viu. Sim, sou vocal para um homem — não estúpido de gemer alto como em filme pornô, mas definitivamente faço barulho e você verá o quão incrível é. E tenho um equipamento decente; não sou enorme, mas também não sou pequeno. Diria que estou acima da média, mas você terá que conferir pessoalmente e formar a sua opinião. :)

Temos que ir escalar, assim você experimenta e vê se gosta. Se não, de uma próxima vez, podemos tentar caminhar. Há uma quantidade surpreendente de lugares bons para caminhadas em Los Angeles. Estou ansioso pela sua resposta. :)

Não havia muito o que não gostar nesse cara, até agora, mas ela conhecia os homens; você tinha que jogar um pouco duro para que eles continuassem interessados. Ela o avisou que ele teria que conquistar a atenção dela.

De: Annie Chang
Assunto: Ainda decidindo
Data: 5 de janeiro de 2013 19:52
Para: Nate Skyles

Então, Nate, você parece bem legal, mas tenho que admitir que estou conversando com alguns caras, e ainda não sei ao certo com quem eu quero me encontrar. Posso gostar de me divertir, mas não sou uma vagabunda. Não estou a ponto de dormir com metade dos caras em Los Angeles, se é que você me entende. Espero decidir em breve.

Desculpa por ter causado qualquer... desconforto enquanto você estava no trabalho. ;) Não foi a minha intenção, embora, tenha que admitir, saber disso me fez sorrir. O que você faz para pagar suas contas? Eu trabalho para uma firma de advocacia fazendo, principalmente, coisas administrativas. E, como você pôde ver em uma das minhas fotos, faço um pouco de modelagem nas horas vagas. Não é o emprego dos meus sonhos, mas, se um bico aparecer de vez em quando, eu não recuso. Ainda não sei o que quero ser "quando crescer". Estou curtindo a vida e me descobrindo.

Na cama (ou em outros lugares), definitivamente não sou silenciosa sobre como um cara me faz sentir... Quer dizer, quando algo é tão bom, como se pode ser silenciosa? Então, onde é o local mais público que você já fez sexo ou o mais próximo que já gozou sem ser pego? :) Uma vez transei com um ex na porta da caminhonete dele no estacionamento do aeroporto, rsrs. Eu estava usando vestido e sim, algumas pessoas passaram por nós, mas parecia que estávamos apenas nos beijando.

Eu caminho em vários lugares diferentes em Los Angeles, mas Temescal Canyon é o meu favorito. Vou pensar sobre a escalada... talvez depois eu suba com você. ;)

Annie rapidamente releu seu e-mail antes de colocar um sorriso de satisfação no rosto e clicar em "enviar". Esta foi a primeira vez que ela realmente se deixou dizer tudo o que veio à sua cabeça, e estava adorando flertar. Era uma sensação libertadora ser capaz de se soltar e ser ela mesma, e ainda ter alguém atraído por ela.

De: Nate Skyles
Assunto: Em público? Sim, por favor!
Data: 5 de janeiro de 2013 20:10
Para: Annie Chang

Annie, sei que não é vagabunda. Honestamente, se fosse, eu não estaria conversando com você. A razão pela qual que respondi ao seu anúncio foi porque estou à procura de uma amiga com benefícios. Estou ciente de que você está procurando apenas um homem, assim como estou à procura de uma garota. Se você fosse do tipo que dorme com qualquer tipo, o que sei que não é, então eu não estaria interessado.

Hahaha, tudo bem. Consegui esconder e não tinha ninguém por perto no momento, graças a Deus. Fico feliz por ter feito você sorrir. Sei que essa não será a única vez em que ficarei excitado, em local público, por sua causa, mas, quando nos encontrarmos, posso te levar em algum lugar isolado e te fazer submeter-se a mim. ;)

Para pagar minhas contas, sou conselheiro numa clínica de reabilitação para jovens de idades entre dezoito e vinte e quatro anos que estão tentando ficar limpos da dependência de drogas/álcool. É um trabalho difícil, emocionalmente desgastante, mas vale a pena. Se eu conseguir ajudar apenas um deles, então tudo valeu a pena. :) Seu trabalho parece legal também, e sim, percebi que você é modelo. Definitivamente, tem corpo e rosto para isso. Sinceramente, você é deslumbrante... incrivelmente linda, e não estou dizendo isso para te bajular.

Concordo plenamente, como é possível e por que iria querer ficar silenciosa no sexo? É ridículo — você deve ficar feliz e se orgulhar disso. O lugar mais público que fiz sexo foi em um pequeno provador de uma loja. Levei uma ex lá enquanto estávamos comprando roupas; ela também estava de vestido (como você no estacionamento do aeroporto). Assim que fechei a porta, inclinei-a diante do espelho e puxei a calcinha dela para o lado e a comi, rsrs. Nós tentamos ser silenciosos, mas tenho certeza de que todos ali sabiam o que aconteceu, considerando os olhares quando saímos. Não sei você, mas eu adoro fazer sexo em público. Acho sexy e excitante dar uma rapidinha num local público.

Não tenho feito caminhadas tanto quanto eu gostaria. E não vou a la há algum tempo, então não sei quais os melhores pontos agora. Mas ouvi dizer que a caminhada até o letreiro de Hollywood é ótima e eu adoraria fazê-la. Talvez devêssemos ir e, depois, se você quiser, podemos tentar escalar. :) Mas a subida que eu mais quero que você faça é aquela em cima do meu pau. ;)

Aqui está uma coisa que adoro fazer. E já fiz inúmeras vezes. Adoraria passear com você em uma loja de departamento, como a Nordstrom ou a Macy's. E, quando estivermos numa área mais isolada da loja, mas ainda à vista das pessoas, vamos para trás de uma arara de roupas que nos cubra até mais ou menos a altura do peito, e eu iria deslizar a mão dentro do seu vestido, puxar sua calcinha para o lado e deslizar dois dedos dentro da sua boceta. Você ofegaria e agarraria com força a roupa à sua frente e eu permaneceria fazendo isso por um minuto ou mais, e, em seguida, retiraria os dedos e os chuparia, então iríamos embora, te deixando molhada e necessitada. E então, talvez um pouco mais tarde, entraríamos em um dos provadores e eu acabaria com você com a língua ou o meu pau.

Ela ficou boquiaberta e desejosa ao ler e reler o e-mail mais de duas vezes antes de se recostar de volta no sofá com tesão. Evidentemente, isso a estava afetando, e ela estava a ponto de dar seu endereço a ele e pedir-lhe para vir, mesmo sabendo que provavelmente era uma péssima ideia.

Ele parecia ser um pouco bom demais para ser verdade: um cara legal, que tem um emprego muito louvável e adora ajudar as pessoas, ainda que aparentemente também tenha um traço muito travesso, não se leva muito a sério e gosta de se divertir. Annie não podia ter esperado encontrar uma combinação melhor. Enviar e-mails para homens bonitos e ser respondida estava se revelando um vício bastante grave.

De: Annie Chang
Assunto: Química
Data: 5 de janeiro de 2013 20:25
Para: Nate Skyles

Uau, isso é uma coisa muito intensa e vale a pena fazer acontecer. Obrigada pelo elogio e, obviamente, acho que você é muito bonito também, ou eu não teria respondido. ;) Sem querer ser estraga-prazeres, mas nós dois sabemos que tem que haver química. De qualquer forma, parece que você já teve algumas experiências muito interessantes. Nunca saí com um cara que gostasse de ir às compras, mas algo me diz que você não se importaria de ir junto, rsrs. Também já transei num estacionamento de restaurante, em plena luz do dia, numa banheira de hidromassagem (ninguém estava por perto, mas foi em um condomínio no meio da noite) e uma vez na piscina da casa dos pais do meu ex, e a mãe dele ainda acenou da janela do banheiro, no andar de cima, mas não sabia o que estávamos fazendo!

O que te fez decidir mudar para la e de onde você veio? Eu sou nativa do sul da Califórnia — acho que nunca vou me mudar daqui, a não ser que seja para algum lugar como o Havaí. Claro que poderíamos caminhar até o letreiro de Hollywood... transaríamos lá, em algum momento. Então, se eu estivesse sentada à sua frente agora, o que você faria?

Sentindo-se um pouco nervosa, Annie se levantou e foi até a cozinha se servir de uma taça de vinho. O flerte por e-mail estava divertido, mas ela odiava a ansiedade da espera pela resposta.

Até agora, ele não a tinha desapontado, sendo muito rápido nas respostas. Ela bateu os dedos impacientemente na mesa e continuou clicando no botão "atualizar" de sua página, esperando outro e-mail chegar na caixa de entrada.

Ligando a TV, ela verificou as gravações guardadas e selecionou um episódio de *Grey's Anatomy* para assistir enquanto o esperava responder. Era difícil acreditar que ele ainda estava no ar, firme e forte. Embora não fosse exatamente o mesmo programa de quando tinha começado a ser exibido, ela estava muito emocionalmente envolvida na série para parar de assistir. Além disso, ele ainda prendia a atenção dela e sempre a fazia aguardar o próximo episódio. Até mesmo *Private Practice*, um spin-off de Grey's, estava na última temporada, mas Grey's ainda sobrevivia. Finalmente, um e-mail apareceu na tela e ela clicou para abri-lo, avidamente devorando suas palavras como se fossem doces.

De: Nate Skyles
Assunto: Nascido e criado na Carolina do Norte
Data: 5 de janeiro de 2013 20:50
Para: Annie Chang

Rsrs Obrigado, sim, eu realmente gosto. Fico exausto depois do trabalho, mas vale a pena. :) Obrigado pelo elogio também. E não é estraga-prazeres dizer isso. As pessoas têm que ter química — isto é fato. Até agora, estou adorando conversar com você. :) Sim, eu tenho um monte de histórias. Não são todas boas, mas são divertidas. Tenho certeza de que você tem um monte também.

Hahaha, na verdade, também não gosto de fazer compras... talvez um pouco mais do que um sujeito normal, mas não muito mais. Mas você tem razão, não me importaria de ser arrastado para as compras de vez em quando, assim eu poderia dar a minha opinião do que eu gosto, ou talvez poderia te convencer a experimentar uma lingerie para mim. ;) Também já fiz sexo em um estacionamento lotado em plena luz do dia e em alguns banheiros, durante uma caminhada (nós sorrateiramente saímos da trilha, cerca de uns quatro metros no meio da folhagem, e transamos abertamente, sendo quase vistos por um grupo de pessoas e famílias que passavam), e aconteceu exatamente a mesma coisa comigo quando estava transando na piscina de uma ex. A mãe dela acenou para nós, do andar de cima, enquanto minha ex estava em meus braços com as pernas em volta de mim. Para a mãe dela... parecia que estávamos apenas nos abraçando e conversando, mas eu estava dentro dela. Nunca fiz isso em uma banheira de hidromassagem, mas também já fiz numa sala de aula abandonada. Bem, não fizemos sexo, mas fiz sexo oral nela.

Mudei-me para Los Angeles há um ano e meio. Sou da Carolina do Norte — Sacramento, para ser exato. E me mudei para cá para estudar na Universidade Estadual da Califórnia e me tornar intérprete de linguagem de sinais. Essa é minha outra paixão além da arte. Sim, não tenho interesse em sair do Sul da Califórnia.

Honestamente, se você estivesse na minha frente, provavelmente iríamos conversar bastante para eu te conhecer um pouco mais. Não é uma resposta muito sexy, mas te conhecer seria quase tão bom quanto estar dentro de você, e eu gostaria de fazer isso primeiro. Se a conversa fosse para o lado malicioso, então você seria colocada de quatro e fodida até gritar, mas, se não fosse por esse lado, seria legal também. Então, deixe-me voltar essa pergunta para você. O que você faria se eu estivesse na sua frente agora?

Annie não esperava que ele voltasse essa pergunta para ela, então corou violentamente enquanto pensava em todas as coisas que gostaria de fazer nesse momento, se ele estivesse na frente dela. Ele tinha dado uma resposta de bom rapaz, e, embora subitamente tenha se sentido tímida demais para ser completamente honesta, ela resolveu dar uma resposta de boa menina em troca... bem, boa na maior parte das vezes, de qualquer maneira.

De: Annie Chang
Assunto: Fantasias
Data: 5 de janeiro de 2013 21:05
Para: Nate Skyles

Uau, sexo durante uma caminhada, hein? De repente, deu até vontade de fazer uma agora... rsrs. Já transei no banheiro de uma festa em casa, mas nunca em um banheiro público. Essa é meio que uma fantasia minha. Diga uma coisa que você nunca fez, mas gostaria de fazer? Ha, engraçado esse lance de mãe e piscina também ter acontecido com você. Sim, o mesmo com a gente — parecia que só estávamos nos abraçando, mas a tanga estava empurrada para o lado e ele estava dentro de mim. Dá mais tesão ainda ser pego ou quase, né? :)

Então, você fala como um cara bastante intenso. Meu tio é intérprete de linguagem de sinais, então me ensinou o alfabeto quando eu era criança e isso é tudo o que eu sei fazer, exceto "Eu te amo". Gostei de saber que você está interessado em me conhecer primeiro. Mostra certa integridade e, tenho que admitir, o torna muito atraente. É bom se sentir seguro com alguém quando se é íntimo e pode confiar implicitamente.

Se você estivesse na minha frente agora, te daria um grande beijo apenas por você ser meio que incrível. Um bom sujeito e sexy... não se encontra muitos homens como você por aí. Por isso, eu concordo... seria um prazer te conhecer primeiro e, honestamente, a antecipação é metade da diversão. Estou gostando dessa nossa pequena troca de e-mails. Já posso nos ver caindo de sono, conversando a noite toda... e então, talvez de manhã, você acorde com uma surpresa oral...

Virando o resto do vinho, Annie se levantou, levou a taça para a pia e a lavou. Olhando para o relógio, suspirou. Já estava ficando tarde e ela ainda tinha uma carga de roupa para lavar. Ela foi até o banheiro, amontoou as roupas sujas na cesta dobrável e, em seguida, pegou o sabão em pó e o plástico Ziploc cheio de moedas no armário do corredor.

Felizmente, a lavanderia ficava apenas a uma curta caminhada da porta do apartamento, convenientemente situada na parte de trás do condomínio. Abrindo a máquina de lavar, ela adicionou uma medida de sabão e enfiou as moedas na ranhura, então ligou a máquina. Tinha que voltar em meia hora para tirar as roupas molhadas e transferi-las para a secadora.

Caminhou até o apartamento na expectativa de que outro e-mail de Nate já estivesse à sua espera. O que ela faria se ele parasse de respondê-la? Sentiu-se surpresa em estar ansiosa por ouvir a voz dele, já que só tinham trocado alguns e-mails.

Soltando o saco de moedas em cima da mesinha de centro e colocando as demais coisas no chão, ela pegou o laptop para atualizar a caixa de entrada. Havia outro e-mail dele à sua espera; ela sorriu ao começar a lê-lo.

```
De: Nate Skyles
Assunto: Ao ar livre
Data: 5 de janeiro de 2013 21:18
Para: Annie Chang
```

Sim, foi bem legal. Por um lado, foi bonito e agradável ter o ar puro e a brisa, e, depois, bem excitante porque realmente poderíamos ter sido pegos. Saímos correndo e ficamos atrás de uns arbustos, então empurrei meu pau na garganta dela (ela gostava da coisa selvagem) e depois na minha posição favorita (e na sua). Ela apoiou as mãos numa árvore e a comi até gozarmos. Uma caminhada muito boa, na verdade, rsrs. Definitivamente devemos transar num banheiro público! É divertido... apenas impróprio, mas bem legal.

Hahaha, acho que sou relativamente sagaz. Intenso não é bem a palavra. Eu diria apenas que sou pé no chão. Isso é legal, um pequeno sinal é sempre bom. E agradeço você respeitar a minha integridade. Está cada vez mais raro nos dias de hoje. Mas também é bom saber que você se sente do mesmo jeito. E está certa: a antecipação é metade da diversão. Acho que vamos nos dar bem. :) Eu adoraria dormir ao seu lado e iria amar acordar com sexo oral. ;) É minha maneira favorita de acordar. Então, já ganhei a competição com os outros caras?

Olhando para a tela de computador, Annie mordeu o lábio, suas mãos pausadas acima do teclado. Uau, de repente, ela viu caminhadas sob um novo ponto de vista. Ainda assim, hesitou pensando nos prós e contras de possíveis dias e noites de diversão sem compromisso que poderia ter com esse cara. Será que devia seguir em frente e decidir se encontrar com Nate?

Jogando a prudência ao vento, começou a digitar a resposta. Só se vive uma vez e ela não queria olhar para trás e se arrepender de não ter feito mais em sua vida.

De: Annie Chang
Assunto: Você venceu
Data: 5 de janeiro de 2013 21:25
Para: Nate Skyles

Tá bom, você venceu. Onde devemos nos encontrar?

De: Nate Skyles
Assunto: Adoro vencer
Data: 5 de janeiro de 2013 21:29
Para: Annie Chang

Yes! Estou superansioso pra te conhecer. Que tal uma xícara de café e vemos o que acontece? Você conhece o Bourgeois Pig, em Hollywood? Poderia ser amanhã à tarde, às treze horas?

De: Annie Chang
Assunto: Está marcado
Data: 5 de janeiro de 2013 21:33
Para: Nate Skyles

Conheço sim. Nos vemos lá amanhã, às treze. Quer trocar números de celular?

Annie inspirou profundamente e depois expirou lentamente. Era isso... ela ia seguir em frente. Rapidamente, clicou em enviar, antes que mudasse de ideia. Só teve que esperar um minuto antes de Nate responder com o número dele, que ela, imediatamente, adicionou ao seu celular. Ele confirmou o encontro deles no dia seguinte e disse que gostaria de poder conversar mais, mas tinha que se encontrar com alguns amigos que estavam comemorando o aniversário de alguém. Ela não conseguiu tirar o sorriso bobo do rosto, durante toda a noite. E foi dormir com a esperança de sonhar com a sua nova paixão.

Capitulo 9

A manhã de domingo veio muito lentamente. Annie virou e revirou a noite toda na cama, a expectativa tinha consumido seu corpo, a impedindo de deixá-la cair no sono profundo e repousante. Ela se levantou assim que raiou o dia, vestindo uma calça de moletom e um top decotado, antes de ir para a academia. Após um exercício leve de mais ou menos quarenta minutos, passou mais vinte no aparelho eliptical, antes de ir para os pesos por mais vinte, para tonificar braços e pernas.

Enquanto malhava até suar, se sentiu nervosa em seu encontro no café com Nate. O que ela ia usar? Queria parecer atraente e sedutora, mas não como se eles estivessem indo a um restaurante chique ou boate; era só um café.

Mentalmente, visualizou seu guarda-roupa, descartando algumas ideias conforme passavam pela sua cabeça, finalmente se decidindo por seu jeans preto favorito, que abraçava perfeitamente nos quadris e destacava a bunda, uma blusa preta combinando com um corpete preto, e um casaco listrado preto e branco. Para completar o visual, decidiu ir com um confortável par de sandálias anabelas pretas de salto alto.

Depois que terminou os últimos exercícios para tonificar as panturrilhas, limpou o equipamento e a sua quase vazia garrafa de água, tomando os últimos goles antes de jogá-la na lixeira e enxugar a boca com a toalha de treino. Quando Annie saiu da academia, pensou que não importava o quanto reclamava e protestava sobre se exercitar, ela adorava a sensação de boa saúde e a realização que sempre experimentava após cada treino.

Ela demorou se preparando para o encontro à tarde, dando uma caprichada especial na maquiagem e no cabelo. Por um momento, pensou em comer uma salada leve, mas sabia que não conseguiria engolir. Estava muito nervosa e animada para ter apetite. O celular apitou, sinalizando a chegada de uma mensagem de texto, e ela correu até cozinha, para pegá-lo em cima do balcão.

Nate: Bom dia, linda. Nem consigo acreditar que vou te conhecer daqui a duas horas. Teve bons sonhos na noite passada?

Annie: Bom dia. ☺ Também estou ansiosa para te conhecer. Não, não sonhei — tive dificuldade para dormir.

Nate: Sinto muito em ouvir isso. Espero que não tenha sido por minha causa.

Annie: Bem...

Nate: Hum, bom saber... Bem, vamos ao café para que você possa se abastecer de cafeína para ficar acordada. Prometo que não vai dormir enquanto estiver comigo.

Annie: Parece um bom plano e espero que não... a menos que seja por pura exaustão. ;)

Nate: Mulher, comporte-se. Vamos sair só para tomar café como dois adultos civilizados.

Annie: *Beicinho* Tá bom, vou me comportar.

Nate: Imagino que você fica completamente adorável fazendo beicinho.

Annie: Minha mãe discordaria de você.

Nate: Rsrs

Annie: Estou ansiosa para te ver pessoalmente.

Nate: Você tirou as palavras da minha boca.

Annie: Acho a sua boca sensual. Gostaria de saber que gosto tem.

Nate: Mulher, você sabe a definição de comportar-se?

Annie: Hehehe, Ok, prometo que vou... por enquanto. ;)

Nate: Rsrs, acredito que o café desta tarde será o mais excitante que tomarei... Ansioso.

Annie: Idem. Nos vemos em breve.

Nate: Não breve o suficiente.

Se abraçando, Annie deu pulinhos em círculo e fez uma dancinha feliz. Ela adorava a sensação de primeiro encontro. Havia emoção e antecipação e um pouco de terror, quando se perguntava se eles gostaram de você ou se você gostou deles.

Sabendo que só se tem uma chance de causar uma boa primeira impressão, ela passou mais de uma hora na frente do espelho, inspecionando, retocando a maquiagem e examinando cada poro. Quando finalmente ficou satisfeita com o resultado final, terminou de se vestir. Então, calçou as sandálias e passou outros dez minutos na frente do espelho, certificando-se de que parecia bem em todos os ângulos.

O tráfego na 101 Sul para Hollywood estava uma merda... e, ao invés de estar adiantada, ela estava alguns minutos atrasada. Annie tinha enviado uma mensagem para Nate assim que saiu da estrada, avisando que chegaria logo. Ele respondeu dizendo que já tinha chegado e conseguido uma mesa. Felizmente, alguém estava se afastando do meio-fio assim que se aproximou, então conseguiu estacionar bem em frente. Borboletas estavam dando cambalhotas em seu estômago e a pulsação ficou acelerada quando fez uma última verificação no espelho retrovisor, exibindo os dentes para inspecionar se estavam brancos e brilhantes.

Parecia que, mesmo em situações sem compromissos, ela ainda se sentia muito nervosa, como se estivesse com alguém com intenções sérias. E não era isso o que secretamente desejava, mesmo fingindo estar bem com apenas um divertimento casual.

Empurrando o pensamento indesejado para longe da cabeça, pegou a bolsa e saiu do carro, travando a porta. Annie brevemente considerou dar meia volta, entrar novamente no carro e ir embora, mas ergueu a cabeça com determinação e soltou a maçaneta.

Quando entrou no Bourgeois Pig, olhou ao redor, à procura de Nate, mas não o viu de primeira. Lembrando que o lugar tinha um salão nos fundos, foi até lá, apertando um pouco os olhos, por causa da penumbra.

— Oi, linda — uma voz ao lado dela falou.

Virando a cabeça na direção da voz, ela engoliu em seco. Nate levantou quando falou e moveu-se rapidamente para saudá-la com um abraço. Ela retornou o abraço, mas, quando ele começou a se afastar, ela instintivamente estendeu a mão para puxá-lo de volta para ela, corajosamente, dando um beijo em seus lábios. Seus olhos azuis se arregalaram apenas por um instante, antes de seus lábios tocarem os dela, e então ele fechou os olhos, a língua deslizando facilmente e suavemente na boca dela, beijando-a completamente. Tão de repente quanto começou a beijá-lo, abruptamente o afastou, sua mão o empurrando firmemente contra o peito para colocar algum espaço entre eles.

Nate a olhou especulativamente, o peito visivelmente subindo e descendo enquanto ele parecia lutar, se impedindo de agarrar a mão dela e a puxar de volta para ele. Ela rapidamente se sentou e sorriu inocentemente, enquanto ele permaneceu de pé por um momento, ainda olhando para ela. Balançando a cabeça em direção ao outro lugar na mesa, ela continuou sorrindo e ele finalmente se sentou e a olhou um tanto severamente.

— Pensei que você fosse se comportar, Annie.

Quando ele disse o nome dela num tom ligeiramente ameaçador, ela estremeceu, não de medo, mas de excitação.

— Não consegui evitar. Mantive-me acordada quase a noite toda imaginando como seria te beijar.

Sorrindo, ele ergueu uma sobrancelha para ela.

— E qual é o veredicto? Passei na inspeção?

Fingindo pensar, ela bateu o dedo nos lábios.

— Hmm, não sei ainda. Tenho que refazer a inspeção.

Ele começou a rir, entendendo a mão por cima da pequena mesa, pegando a dela e entrelaçando seus dedos.

— Você é demais, sabia?

— Hmm, você acha? — Ela sorriu preguiçosamente e mordeu o lábio inferior de leve, o encarando com os olhos semicerrados.

— Assim você está me matando aqui.

— Sinceramente, espero que sim.

— Eu tinha toda a intenção de agir como um perfeito cavalheiro quando cheguei aqui, mas você está realmente tornando as coisas mais difíceis.

— Que bom.

A garçonete apareceu na mesa deles perguntando se estavam prontos para pedir. Depois de olharem brevemente o cardápio de bebidas, Annie fez o pedido.

— Por favor, pode me trazer um cappuccino duplo? — Nate pediu um latte e água, e, momentos depois, ficaram sozinhos novamente.

— Juro que não é apenas uma cantada barata, mas você tem os olhos mais lindos que eu já vi.

Envergonhada, Annie imediatamente evitou seu olhar e olhou para o chão, lutando contra o rubor de suas bochechas.

— Ah, obrigada — ela finalmente disse, olhando timidamente para ele.

Ele sorriu e levantou a mão dela, beijando o topo de seus dedos e acariciando-os suavemente com os lábios. Piscando, ela não conseguiu parar o arrepio que foi subindo por sua espinha. Ficou maravilhada com o quanto uma pequena ação poderia fazê-la sentir tanto.

— Você tem mãos delicadas — ele meditou enquanto embalava uma das mãos dela nas dele, lentamente desenhando círculos com os dedos em sua na pele sensível.

A voz dela estava um pouco trêmula, então limpou a garganta.

— Você não está se comportando de verdade, sabia?

— Eu nunca prometi me comportar. É tudo culpa sua — ele disse com um sorriso perverso.

Momentaneamente, ela foi salva de ter que responder porque as bebidas chegaram. Nate liberou a mão dela para receber o latte fumegante, e Annie, o cappuccino, agradecendo educadamente a garçonete.

— Então, como foi a festa de aniversário do seu amigo? — ela perguntou, claramente mudando o rumo da conversa. Os elogios eram bons, mas a estavam fazendo corar demais, e ela já se sentia muito "aquecida" perto dele.

— Foi bem legal. Fomos a uma boate e dançamos até nos expulsarem.

— É mesmo? Em qual vocês foram?

— Vanguard.

— Ah. — Uma nuvenzinha passou pelo rosto dela, momentaneamente, quando flashes de sua primeira noite com Gabe invadiram sua mente.

— Você já foi lá?

— Ah, já. Eu costumava ir muito lá, na verdade. O lugar é legal.

— Sim, as músicas são muito boas. Adoraria te levar lá algum dia.

Annie tinha acabado de erguer a xícara para tomar um gole do cappuccino e quase engasgou com a espuma por causa do comentário de Nate. Recuperando-se rapidamente, ela assentiu.

— Uh, claro. Seria divertido. — E por que não? Era hora de fazer novas memórias e tentar esquecer o passado.

— Que tal no próximo fim de semana?

Ela não conseguiu evitar de sorrir para o olhar ansioso; seu entusiasmo era contagiante.

— Claro, seria ótimo.

— Incrível, mal posso esperar para dançar com você.

— E se eu não dançar bem?

Ele riu e balançou a cabeça.

— Impossível. Além disso, mesmo que não dance, eu te ensino.

Foi a vez dela de rir.

— Eu não preciso que me ensine nada, filho. Tenho gingado. — Ela fingiu espanar poeira dos ombros e piscou para ele.

— Oh, ok, acho que agora só me resta esperar para ver. Acho que daremos um show de dança — ele brincou, piscando para ela.

— Oh, você fica *por cima* — ela disse, sorrindo maliciosamente para ele.

Eles continuaram o bate-papo por alguns minutos, discutindo quais boates tinham frequentado nos últimos anos e descobriram que gostavam muito dos mesmos djs, como Tiesto, Paul van Dyk, Armin van Buuren, Calvin Harris e Deadmau5.

— Você já está terminando o café?

— Mmm, sim. Por quê?

— Gostaria de uma aventura?

Erguendo uma sobrancelha, Annie o olhou pensativamente. Mentalmente, se beliscou. Dance conforme a música.

— Claro, por que não?

— Legal. Hum, por que não me segue? Ou você sabe como chegar à Third Street Promenade?

— Em Santa Monica?

— É.

— Sei chegar. Você quer ir até lá?

— Não é tão longe.

— Suficientemente longe. — Ela riu.

— Vamos lá. Viva um pouco. — Nate a cutucou, lhe dando um olhar de cachorrinho, fazendo-a rir novamente.

— Tá bom. Te encontro lá, mas tenho que dizer: você é um pouco bom demais para esse olhar de cachorrinho.

— É a minha arma secreta — ele confidenciou, acenando para a garçonete e pedindo a conta. Annie acenou numa tentativa de pagar o seu café, mas ele pagou pelas duas bebidas e se levantou para ajudá-la a se levantar. Enquanto caminhavam para fora da cafeteria, ele manteve a mão na parte inferior das costas dela, guiando-a por entre a crescente multidão de clientes.

Annie estava com um sorriso bobo no rosto enquanto ia para o carro, feliz por sentir o gesto carinhoso, cortesia do tratamento cavalheiresco de Nate. Quando pegou a chave na bolsa, ele estendeu a mão e acenou com a cabeça em direção às chaves.

— Posso? — ele perguntou educadamente.

Com um sorriso confuso, ela assentiu e lhe entregou as chaves. Assistiu com fascínio ele destrancar a porta e mantê-la aberta para ela entrar, abrindo rapidamente a janela e, em seguida, passando as chaves de volta para ela, antes de cuidadosamente fechar a porta.

— Não sabia que homens como você ainda existiam — ela disse rindo.

— Já me disseram que sou uma espécie rara, mas, sim, nós existimos. — Ele então tirou o chapéu imaginário e fez uma reverência para ela. — Minha mãe me criou para ser um bom rapaz e ter bons modos — ele brincou, usando um pesado sotaque sulista.

— Bem, não deixe de agradecê-la por mim.

— Farei isso. Então, te vejo daqui a meia hora?

— Você é otimista. — Ela riu.

— Sou mesmo — ele falou, sorrindo para ela.

— Está bem, te vejo lá daqui a meia hora.

— Ótimo, dirija em segurança — ele a advertiu, afastando-se do carro dela, olhando para os dois lados antes de atravessar e ir para o carro dele, um *Honda Accord* azul. Ela o assistiu entrar e o esperou sair com o carro e parar atrás do dela, antes de se afastar do meio-fio e descer a rua até a via expressa.

Os deuses de tráfego deviam estar de bem com a vida, porque quase não pegaram nenhum no caminho para Santa Monica. Ela o manteve em seu campo de visão pelo retrovisor durante todo o caminho, até entrarem no estacionamento público perto da Third Street Promenade. Depois de estacionarem, ele pegou a mão dela e apertou de leve, sorrindo para ela.

— Estou realmente muito feliz por você ter concordado em vir.

— Eu também.

— Não queria que o nosso primeiro encontro terminasse ainda.

— E não vai... mas vamos sair desse estacionamento. Está um pouco fedido aqui — queixou-se, franzindo o nariz.

Ele riu e se inclinou para beijar a ponta do nariz dela.

— Você é tão engraçadinha — ele disse, sorrindo. — Está bem, princesa. Vamos tirar você daqui. — Ele liderou o caminho até as escadas e desceram dois lances, antes de saírem para o ar puro de Santa Monica. Annie suspirou de alívio assim que se afastaram do fedor do estacionamento público. Ela sempre teve um nariz muito sensível, por isso lugares com cheiros fortes tendiam a incomodá-la, até mais do que a algumas pessoas.

Nate liderou o caminho para a Third Street Promenade e parou em frente a uma sorveteria italiana.

— Você gosta de sorvete italiano? — ele perguntou.

— Nunca tomei.

Boquiaberto, ele riu.

— Sério?

— Sério.

— Nossa, você não sabe o está perdendo. De sorvete você gosta, né?

— Claro! E quem não gosta?

Ele riu novamente e abriu a porta da sorveteria para ela.

— As damas primeiro.

Annie estava abismada com o quão cavalheiro Nate era; dificilmente era algo que ela esperava encontrar conhecendo um cara na seção de *Encontros casuais* do *Craigslist*. Inclinando a cabeça em direção a ele, ela murmurou "obrigada" e entrou, ficando de frente para a vitrine lotada de gelatos de sabores diferentes.

— Oh, uau. Não faço a menor ideia de qual sabor escolher. O que você recomenda?

— Bem, meus favoritos são o expresso chip e o chocolate branco com avelã.

— Oh, meu Deus, os dois parecem incríveis!

— Eles são... você pode pedir uma bola de cada, eu vou fazer isso, ou, se quiser tentar dois outros sabores, deixo você experimentar do meu também.

— Mmm, jura? — ela perguntou com um sorriso travesso, seus olhos brilhando ao olhar para ele.

Sorrindo preguiçosamente, ele piscou para ela.

— Sim, juro.

— Então você quer me provar... quer dizer, provar o meu também?

Ele estreitou os olhos para ela, inclinando-se mais para perto e sussurrando em seu ouvido.

— Comporte-se. Há crianças por perto.

Parecendo um pouco decepcionada, Annie virou a cabeça ao redor para ver quem mais estava ali. Um homem de meia-idade alto com olhos agradáveis estava segurando uma criança em seu quadril, enquanto apontava para os diferentes sabores na vitrine, perguntando ao menino o que ele queria. Alguns adolescentes estavam rindo enquanto pagavam por seus sorvetes, e uma jovem mãe de aparência cansada com um bebê e dois outros filhos tinha acabado de entrar.

Como o rosto corado, ela murmurou um pedido de desculpas e começou a estudar o chão enquanto se obrigava a parar de corar. O vendedor se virou para eles perguntando em que poderia ajudá-los. Nate fez seu pedido e se virou para ela, erguendo uma sobrancelha, esperando suas escolhas.

— Acho que vou querer o cheesecake de morango e baunilha taitiana.

— Baunilha? Que chato — ele disse com uma risada.

— Eu adoro baunilha — ela disse defensivamente, batendo seu ombro no dele. — E não é simplesmente baunilha, é baunilha *taitiana*.

— Não há nada de errado com um pouco de baunilha... e exótica — é melhor ainda. — Sorrindo, Nate piscou para ela antes de se aproximar do caixa para pagar pelos dois gelatos.

Annie protestou, pegando dinheiro na carteira.

— Ei, você pagou o café. Deixe que eu pago os sorvetes.

Ele apenas acenou de lado e pagou ao caixa, depois se virou para acompanhá-la para fora, com o sorvete na mão.

— Minha avó se reviraria no túmulo se soubesse que deixei uma garota pagar por qualquer coisa no nosso primeiro encontro.

— Esse é um encontro? — ela perguntou timidamente.

— É claro.

— Acho que não esperava que realmente fosse um encontro de verdade depois de você achar o meu anúncio do jeito que foi e todo o resto.

— Eu te disse antes... não estou à procura de uma só noite. Quero uma verdadeira amiga com benefícios. Claro que adoraria te levar para um beco e te comer aqui mesmo, mas quero passar um tempo com você primeiro e te conhecer.

Annie corou novamente com sua declaração ousada e riu.

— Uau, tá bom, então.

— Ótimo! Ainda bem que está tudo resolvido. — Eles continuaram a descer a avenida, tomando sorvete, vendo as pessoas e observando vitrines.

— Qual é o veredito? — ele perguntou quando ela parou para jogar fora o seu pote vazio.

— Que o gelato é absolutamente delicioso. No entanto, não achei muito diferente do sorvete — ela admitiu com um sorriso irónico.

Ele riu e assentiu.

— Sim, realmente não é tão diferente; apenas mais leve.

— Sim e mais mole; eu gosto quando o sorvete é duro. — Deliberadamente, ela lambeu os lábios e piscou para ele.

Gemendo, ele fez cócegas levemente nela, encurralando-a contra a parede, então se inclinou para beijá-la. Ele tocou levemente os lábios nos dela, fechando os olhos e suspirando. Ao abri-los novamente, olhou fixamente para ela, um sorriso brincando em seus lábios.

— Eu mencionei que você está realmente dificultando pra eu continuar a ser um cavalheiro?

— Mmm, bem, eu gosto de um cavalheiro... contanto que ele não seja um perfeito cavalheiro o tempo *todo*.

Agarrando os pulsos dela, ele a puxou para frente e a beijou novamente, mas, desta vez, com mais firmeza. Então, rapidamente a soltou e deu um tapa em sua bunda quando ela começou a se afastar, fazendo-a dar um salto e ganir ao mesmo tempo.

Incapaz de parar o sorriso estúpido estampado no rosto, ela pegou sua mão quando ele a estendeu e desceram o resto do caminho da avenida em um silêncio amistoso. Ele a levou para o outro lado da rua e para baixo da ponte do píer de Santa Mônica, onde dezenas de turistas circulavam, tirando fotos do cais e da praia, enquanto outros compravam lembranças nos quiosques.

— Quer andar na roda gigante? — ele perguntou, inclinando a cabeça na direção do final do píer.

— Claro, sou corajosa — ela concordou e seguiram juntos em meio à multidão, sua mão firmemente agarrada na dele. Depois que ele pagou pelas entradas, foram conduzidos para dentro. À medida que a roda girava e eles iam mais e mais alto, Annie chegava mais para o meio da cabine, fechando os olhos fortemente.

Rindo, Nate estendeu a mão para pegar as dela.

— Tem medo de altura?

Com os olhos ainda apertados, ela respondeu:

— Não, o que te fez pensar isso?

— Ahh, o fato de que você não consegue abrir os olhos?

Hesitante, ela abriu um olho.

— Não é tanto pela altura, mas essa coisa não parece estável.

— Bem, estou aqui com você e nada vai acontecer com a gente. Milhares de pessoas têm andado nessa roda gigante sem nenhum tipo de problema.

— Sei que você está certo, mas isso ainda me assusta um pouco.

— Então por que concordou em andar?

— Eu queria impressioná-lo com minha valentia?

Nate riu e então deu um beijo em cada uma de suas mãos.

— Você é adorável.

— Não acha que sou covarde?

— De jeito nenhum. Acho legal você querer me impressionar.

Abrindo lentamente o outro olho, ela olhou para ele e engoliu em seco.

— Ok, eu consigo fazer isso. — Relutantemente, ela liberou as mãos e cuidadosamente as desceu para descansar nas laterais do corpo, no assento.

Enfiando a mão no bolso, ele pegou o *iPhone* e o levantou para tirar uma foto dela. Depois virou-o em sua direção e lhe mostrou a tela.

— Meu Deus, não. Apague, apague! — ela disse, balançando a cabeça. — Tire de novo. — Cuidadosamente, soltou as mãos do assento para pentear o cabelo com os dedos e então sorriu e posou para ele tirar outra foto.

— Que tal essa? — ele perguntou, mostrando o celular para ela novamente.

Dando uma breve inspecionada, ela assentiu.

— Muito melhor.

— Legal. Agora, deixe-me colocar um filtro rapidinho e postar no *Instagram*... e aí está... acabei de enviar para você.

— Obrigada — ela disse, sorrindo para ele. — Uau, não estou acostumada com um cara que goste de tirar fotos.

— Ah, sim, esse sempre foi meu hobby.

— Teve uma época em que pensei em fazer um curso, mas nunca tive uma motivação real para levar a sério, eu acho.

— Bem, nunca é tarde para aprender. Eu poderia te ensinar o que sei.

— Sério? Seria fantástico.

— Claro, por que não? Isso me daria uma desculpa para passar mais tempo com você.

Corando, ela sorriu largamente para ele.

— Como é que você sempre sabe todas as coisas certas para dizer?

— Eu cresci com três irmãs.

— E elas te ensinaram todas as coisas certas a dizer?

— Bem, eu as ouvia se lamentarem bastante sobre todas as coisas erradas que os caras com quem saíam diziam ou faziam. Tomei notas.

— Terei que me lembrar de agradecer às suas irmãs.

Antes que ela percebesse, o passeio da roda gigante tinha acabado e eles estavam de volta à terra firme mais uma vez. Depois caminharam de volta para onde tinham deixado seus carros no estacionamento, junto à avenida, Nate lhe deu um longo abraço e se inclinou para dar um beijo de despedida. Foi um beijo rápido, curto e doce. Ele prometeu ligar em breve e acenou enquanto caminhava de volta para o carro dele. Annie não conseguia parar de sorrir durante todo o trajeto para casa. Tinha sido uma tarde divertida e descontraída, que tinha curtido bastante e já estava na expectativa de vê-lo novamente.

Capitulo 10

Pouco menos de uma hora mais tarde, Annie mal tinha entrado no apartamento quando seu celular zumbiu com a entrada de uma mensagem de texto; era de Nate.

Nate: *É* patético que eu já esteja com saudades?

Annie: Talvez um pouco... mas acho que estou me sentindo do mesmo jeito, então acho que também sou um pouco patética.

Nate: Pois é. Você está realmente muito melancólica, uma pessoa digna de pena.

Annie: Ha, obrigada!

Nate: O que você vai fazer hoje?

Annie: Ficar com o meu amigo, e vizinho. Ele vem todo domingo à noite assistir TV comigo. Eu faço o jantar e ele traz a sobremesa — é um bom arranjo.

Nate: Um amigo homem, hein? Eu deveria ficar com ciúmes?

Annie: Rsrs, ele é gay.

Nate: Acho que não. :)

Annie: Alex é excelente. Acho que você gostaria dele.

Nate: Bem, você acha que ele se importaria se eu invadisse a festinha de vocês *só desta vez? Adoro assistir* TV e comer comida caseira... mas, realmente, só quero te ver novamente o mais rápido possível. Bem, vou até liberá-*lo* da responsabilidade da sobremesa, se ele quiser.

Annie: Hmm, deixe-me perguntar a ele.

Ela realmente não sabia como Alex reagiria à ideia. Havia momentos nos quais ele era previsível, mas, desta vez, ela não sabia o que ele diria. Respirando fundo, rolou pelos contatos do celular até o número dele e pressionou o botão "ligar".

Ele atendeu no segundo toque.

— Oi, amiga.

— Oi. O que você está aprontando?

— Enrolando pra fazer a sobremesa de hoje à noite.

— Ah, sim? Bem, tenho uma proposta pra fazer que pode ser uma desculpa para você não ter que fazer a sobremesa.

— Seria você me abandonar por um cara?

— Não, mas ele perguntou se poderia se juntar a nós para jantar e se ofereceu para trazer a sobremesa.

— Hmm. E quem é este rapaz?

— Outro cara que eu conheci no *Craigslist*... mas... bem, não fique bravo comigo, mas o conheci na seção de *encontros casuais*.

— Annie!

— Eu sei, eu sei, mas ele é realmente muito meigo, agradável e tão cavalheiro. Ele quer que sejamos amigos de verdade... com benefícios.

— Oh, querida...

— Então, tudo bem por você? Se não, eu entendo totalmente. Mas realmente gostei muito dele e adoraria que você o conhecesse.

Houve uma longa pausa antes de Alex finalmente falar novamente e Annie se pegou prendendo a respiração enquanto esperava a resposta.

— Bem, o que ele vai trazer de sobremesa?

Aliviada, ela riu.

— O que você quiser.

— Eu quero... sundae de chocolate.

— Feito. Vou dizer para ele trazer tudo o que precisamos para fazer sundae de chocolate.

— Diga para não se esquecer de trazer o chantilly.

— Pode deixar.

— E por tudo quero dizer bastante coisa mesmo para o meu sundae, juntamente com o que quer que seja que você, sua vadiazinha, esteja planejando para mais tarde.

— Alex!

— O quê? Até logo! — Ele desligou o telefone antes que ela pudesse dizer outra palavra. Com um sorrisinho irônico, Annie sacudiu a cabeça e mandou uma mensagem de texto para Nate, avisando-o que poderia vir e

Procurando o AMOR nos lugares errados 153

trazer ingredientes para fazer sundaes de chocolate.

Para surpresa e alegria de Annie, Nate e Alex se deram maravilhosamente bem. Enquanto Alex estava no banheiro, mais tarde, naquela noite, Nate contou a ela sobre Adam, seu melhor amigo do ensino médio com quem andava no último ano. Adam tinha levado muito tempo criando coragem, e, quando finalmente conseguiu, um dia, no meio de uma conversa, ele interrompeu Nate e desabafou. Adam rapidamente o assegurou que não estava tentando nada com ele e que sempre pensou e continuaria pensando nele apenas como um irmão.

Em vez de ficar com raiva do amigo ou insultá-lo, como poderiam ter feito um monte de caras héteros, Nate revirou os olhos, riu e deu um soco de brincadeira no braço dele. "Duh" foi tudo o que ele disse, e então continuaram conversando como se Adam nunca tivesse dito nada.

Ela estava imensamente aliviada por encontrar um cara que se sentisse confortável perto de Alex. Ela tinha saído com tantos caras que eram tão homofóbicos e inseguros que nunca conseguiam relaxar de verdade perto de seu melhor amigo gay. Era revigorante conhecer alguém que achasse normal e aceitasse todas as pessoas, assim como ela, independentemente da orientação sexual, religião, situação financeira ou filiação política. Novamente, ela se sentiu sortuda de ter conhecido um homem tão genuíno, tranquilo e sexy para ser amigo e ainda ter algum benefício.

Nate trouxe duas garrafas de vinho junto com os ingredientes do sundae, oferecendo uma a Annie, por ser uma agradável anfitriã, e outra a Alex, como um sinal de paz por se intrometer em seu tempo com Annie. Já que Nate não bebia, Alex e Annie consumiram as duas garrafas. Os três ficaram até bem depois da meia-noite assistindo TV; eles comeram o delicioso jantar que Annie fez e, em seguida, a incrível sobremesa que Nate tinha insistido em fazer. Enquanto o observava criar deliciosos sundaes de chocolate para os três, ela pensou que poderia se acostumar a ser mimada assim.

Mais do que um pouco alegre, Alex finalmente se desculpou dizendo que iria encerrar a noite e voltar para casa. Quando levantou para ir embora, bambeou um pouco e Annie levantou para ajudá-lo até a porta, também um pouco tonta. Antes de sair, disse a Nate que ele era bem-vindo a se juntar a eles nos encontros de domingo à noite, sempre que quisesse. Annie sorriu para Alex e depois o abraçou, dando-lhe um beijo na bochecha e sussurrando um agradecimento em seu ouvido. Quando se afastou, sorriu e piscou para ela, em seguida, acenou com a cabeça para Nate, desejando boa noite aos dois.

Fechando a porta depois que Alex saiu, Annie lentamente se virou e inclinou-se contra ela, sorrindo sedutoramente para Nate. Ele se levantou num piscar de olhos e se moveu rapidamente para se juntar a ela, se inclinando para beijá-la enquanto deslizava as mãos em seus cabelos. Seus dedos apertando-os firmemente, ainda que gentilmente, enquanto explorava sua boca com excitação febril.

Ela o beijou de volta, gemendo suavemente em seus lábios enquanto se derretia nele. Ela não conseguia acreditar no quanto queria que esse homem, que era tão gentil e atencioso, fizesse amor lento e doce com ela, mas, ao mesmo tempo, também queria que ele a tomasse rápido e com força. Confusa com os sentimentos contraditórios que percorriam seu corpo, Annie lamentavelmente interrompeu o beijo, seu peito arfando enquanto engolia em seco por um pouco de ar.

Inclinando a testa contra a dela, Nate também respirava com dificuldade, os olhos fechados e os polegares acariciando o rosto dela enquanto lutava para recuperar a compostura. Lentamente, ele finalmente abriu os olhos e afastou a testa da dela, olhando em seus olhos cor de avelã.

— Um homem pode se perder em seus olhos — ele disse melancolicamente quando soltou seu rosto e deslizou as mãos pelos ombros e braços; pegando a mão dela, ele a trouxe até os lábios, beijando levemente os dedos. — Mas eu tenho que trabalhar daqui a seis horas, e provavelmente você também, então é melhor eu ir embora.

Decepção passou por ela enquanto balançava lentamente a cabeça para ele.

— Claro, claro. Sim, eu deveria dormir um pouco. Foi um dia agitado.

— Quero te ver de novo, em breve — ele prometeu com um olhar sério.

— Podemos combinar — ela disse com um sorriso tímido.

— Ok, bem, te ligo depois que sair do trabalho e vemos o que podemos fazer.

— Estarei esperando.

— Boa noite, amiga.

— Boa noite.

Ele passou um dedo pelo rosto dela e sorriu, em seguida, alcançou a maçaneta. Afastando-se da porta para que ele pudesse sair, ela tentou esmagar os sentimentos agitados que estava experimentando com a saída dele. Ela mal conhecia o cara, então como ele já poderia ter tanto efeito sobre ela?

O trabalho a manteve bastante ocupada na maior parte da segunda-feira, e também houve um longo almoço para comemorar o aniversário de sua colega de trabalho. Antes que percebesse, já eram cinco horas, e Ashley veio agradecê-la por ter ido almoçar com ela e pelos chocolates *Godiva* que Annie tinha lhe dado como uma lembrança de aniversário.

Ashley a convidou para se juntar a um pequeno grupo de amigos do trabalho que ia jantar em seu bar karaokê favorito para continuar a comemoração de seu aniversário. Annie ficou muito feliz em aceitar o convite, pois há meses não tinha a chance de cantar. Eles se encontrariam às nove, então ela tinha tempo de sobra para ir para casa, se arrumar e esperar a hora do rush passar antes de voltar a sair.

O bar karaokê que tinham frequentado nos últimos anos era incrível, mas o lado negativo é que ficava em Culver City e a cerca de quinze a vinte minutos de carro, dependendo do trânsito. Para ela, apesar da distância, o karaokê valia a pena, mas nem todos os amigos dela sentiam o mesmo. Sendo assim, ela geralmente agarrava todas as oportunidades que apareciam pelo caminho.

Annie já estava em casa há quase uma hora quando o celular tocou. Verificando o identificador de chamadas, viu que era Nate e murmurou um palavrão. Tinha esquecido completamente de que ele ligaria depois do trabalho, antes de aceitar o convite para ir ao karaokê. Talvez ele fosse gostar de ir com ela. Cruzando os dedos, atendeu o telefone.

— Olá, boa noite.

— Oi. Boa noite pra você também.

— Como foi o seu dia?

— Muito bom. Não tenho do que reclamar. O que você vai fazer agora?

— Bem, é aniversário de uma colega do trabalho, e ela convidou a mim e algumas pessoas do trabalho para ir a um karaokê.

— Parece divertido.

— Sim, não canto há muito tempo, então estou ansiosa para ir.

— Eu adoraria ouvir você cantar.

— Você quer vir?

— Claro. Quer que eu te pegue ou te encontro lá?

— Bem, é em Culver City e você está em Hollywood, né? Faz mais sentido me encontrar lá.

— Ok, então qual é o endereço?

Ela rapidamente olhou na internet e deu o endereço, avisando-o que o bar fica em um pequeno centro comercial com estacionamento disponível ao lado, caso o principal estivesse lotado. Ele perguntou a que horas deveria chegar e ela disse para encontrá-la lá um pouco antes das nove. Ao desligar o telefone, começou a entrar em pânico. Seria desta vez? Seria desta vez que eles transariam? Ela já tinha planejado um belo visual para ir ao karaokê, mas agora ela queria um visual muito, *muito* bom.

Tirando um vestido preto curto do armário, ela se despiu e o vestiu. A parte de cima era sem mangas e com gola alta e a parte de baixo era quase inexistente — apenas uma microssaia abraçando cada curva. Também colocou uma corrente estreita de prata na cintura, que geralmente usava mais como joia do que como cinto, porém, foi uma bela combinação para quebrar o preto sólido do minivestido.

O vestido era um pouco fino demais para um karaokê, mas era Los Angeles — ela poderia sair usando praticamente qualquer coisa. No último minuto, acrescentou uma jaqueta de couro ao conjunto, ficando com uma leve aparência de roqueira.

O cabelo foi puxado para cima em um coque frouxo com vários fios grossos emoldurando seu rosto oval. Era um visual a la Jennifer Lopez que adorava usar. Nate ia devorá-la... literalmente, assim ela esperava. Ela fez sua habitual maquiagem nos olhos com tons terrosos suaves, e, em seguida, tomou cuidado extra escovando os dentes e usando o fio dental, antes de aplicar um gloss rosa suave. Tirando uma foto rápida para o Facebook, ela acrescentou um filtro *Instagram* e postou, levando mais um minuto para adicioná-la como sua nova foto de perfil.

Indo para o karaokê com um cara bonito e alguns amigos para comemorar o aniversário da Ashley!

Depois de postar a atualização de status, Annie optou por usar um par de saltos pretos, pegou sua bolsa e saiu. Enquanto conduzia para Culver City, pensou em como seria a primeira vez que Nate a ouviria cantar, e começou a se sentir inacreditavelmente nervosa. Ela não era nenhuma estrela, mas sentia que poderia ser uma autoridade no palco do karaokê.

Suas músicas favoritas para cantar eram as mais alternativas, estilo *folk*, canções de artistas como Sarah McLachlan, Natalie Merchant, Garbage, Alanis Morissette e Sheryl Crow. Também gostava de cantar canções de musicais, mas ou ela tinha que ter um parceiro de dueto para cantar junto ou tinha que estar extremamente bêbada para ser corajosa o suficiente para tentar sozinha.

Poucos minutos depois de sair de casa, o celular dela apitou com uma mensagem de texto. Havia uma patrulha perto dela e ainda faltava um pouco mais de um quilômetro e meio de estrada, então rapidamente encontrou um acostamento, para verificar a mensagem sem medo de ser multada, e parou. Ela já tinha levado uma por estar falando ao celular enquanto dirigia na Califórnia.

Nate: Você está linda hoje à noite.

Annie: Como você sabe?

Nate: Estou te seguindo no Facebook.

Annie: Rsrs, por que não me envia uma solicitação de amizade?

Nate: Acabei de enviar, mas você ainda não aceitou.

Annie: Oh, bem, estou dirigindo, mas vou te aceitar agora. Me dê um minuto.

Nate: Não se preocupe.

Annie: Então você viu a minha foto do perfil?

Nate: Uh huh.

Annie: E... gostou?

Nate: Uh huh.

Annie riu e enviou outra mensagem para Nate. Quem diria que uma garota poderia ficar perturbada com essas duas palavras simples: "Uh huh".

Annie: Devo chegar daqui a uns quinze minutos, mais ou menos.

Nate: OK, te vejo *lá, linda.*

Annie: Até já.

Quando chegou ao karaokê, vinte e cinco minutos mais tarde (tinha havido um acidente na 405, sul), Nate já estava do lado de fora do bar, esperando por ela. Felizmente, o estacionamento não estava lotado, então não demorou muito para estacionar e descer do carro. Correndo em direção a ele, ela começou a pedir desculpa.

— Me desculpe. Houve um acidente na 405.

— Oh, não se preocupe, cheguei não tem nem um minuto. — Ele a abraçou e sussurrou no ouvido dela. — Eu poderia te comer aqui fora, nesse exato momento, na frente de todos.

Seu estômago apertou e contraiu automaticamente quando ela respirou rápida e acentuadamente ante suas palavras. Uau. Seu abraço apertou e ela se agarrou a ele por um momento, antes de se afastar, sorrir e lhe oferecer a mão.

— Meu Deus, Sr. Skyles, você certamente sabe usar as palavras.

Pegando a mão dela, ele sorriu perversamente e liderou o caminho até o bar, que tinha uma iluminação fraca. Annie viu seus amigos assim que entraram; eles já tinham reservado várias mesas no canto do salão, ao lado do palco.

Liderando o caminho até eles, Annie rapidamente apresentou Nate a todos e então acenou para a garçonete anotar os pedidos de bebida. Nate lhe contara que não bebia álcool, mas não se importava se ela bebesse, então ela perguntou se ele gostaria de uma *Coca-Cola* e depois marcou o pedido na comanda dela, pedindo um *shot* duplo de kamikaze de pêssego.

Havia tantas músicas para escolher, mas Annie queria impressioná-lo com a primeira, então tinha que escolher algo que soubesse muito bem. Finalmente, se decidiu por *Because the Night*, do 10,000 Maniacs, e escreveu seu nome, o do artista e a canção-título na nota do karaokê, se levantando para andar até o ok. Justin, o operador de karaokê, trabalhava lá há tanto tempo quanto ela frequentava o karaokê, e se tornaram velhos amigos. Ele a cumprimentou com um abraço... e pegou a nota, assentindo pela escolha, que ele sabia ser uma de suas favoritas.

Quando ela se sentou à mesa, Nate se inclinou para mais perto e murmurou em seu ouvido.

— Hmm, eu deveria ficar com ciúme?

Rindo, ela negou com a cabeça para ele.

— Aquele é o Justin, o ok.

— O quê?

— ok... Operador de Karaokê.

— Oh. — Ele riu. — Acho que não estou por dentro dessa linguagem de karaokê.

— Tudo bem. Também não fazia ideia do que era um ok na primeira vez que vim aqui. O Justin é muito legal, mas a maioria dos ok's são meio espinhosos, se você não seguir as "Regras adequadas e etiquetas de Karaokê" — ela confidenciou e sorriu, usando os dedos para fazer aspas no ar.

Nate riu alto.

— O quê?

— Eu sei, parece bobagem, mas Justin postou essas regras de etiqueta no Facebook do karaokê, uma noite, enquanto estava trabalhando aqui. Eu ri o tempo todo enquanto lia, mas a maioria delas faz muito sentido. Não consigo imaginar como seria se eu tivesse que fazer o trabalho dele, noite após noite, e manter minha paciência com os clientes.

— Então quais são algumas dessas regras?

— Oh, a maioria delas é apenas para senso comum, coisas como:

1. Não dar tapinhas, deixar cair ou sacudir os microfones;

2. Não se sentar no meio da multidão e tentar cantar mais alto do que o cantor. É irritante e faz você parecer arrogante;

3. Envie uma música de cada vez. Não me entregue sua próxima música até ter cantado a anterior;

4. Não me pergunte "Quando será minha próxima vez?". Às vezes, fico irritado e posso perder a paciência;

5. Não tente me subornar para mudar a sua ordem de cantar. Vou te tirar da ordem completamente;

6. Gorjeta não é uma cidade da China. É prática comum dar gorjeta de um dólar por música cantada.

— Uau, ele tem um monte de regras.

— Tem, mas, como eu disse, a maioria delas faz sentido.

— Acho que sim.

— Então, você vai cantar alguma coisa ou está aqui apenas para tirar sarro de mim cantando?

— Eu não sei se vou cantar, mas não vou tirar sarro de você quando cantar.

— Bem, espero não te dar motivos — Annie disse com um sorriso e, em seguida, levantou o copo para brindar. Após tilintar seu copo no de *Coca-Cola* dele, inclinou a cabeça e facilmente virou de uma só vez seu *shot* duplo. Fazendo uma leve careta, deu um tapinha na mesa! — Uhu! Aí vamos nós.

— Bom?

— Sim, apenas forte. — Acenando para a garçonete voltar à mesa, ela pediu mais um duplo e uma porção de fritas com queijo. Mary, uma das meninas do grupo, tinha acabado de ser chamada para o palco. Annie se virou para observá-la, ouvindo os acordes da introdução de *Landslide*. — Ah, eu adoro essa música — ela disse a Nate, cantarolando quando a amiga começou a cantar.

Ela continuou folheando o livro de músicas, procurando a próxima, antes de finalmente escolher *Maps*, do Yeah Yeah Yeahs. A garçonete trouxe a bebida e as fritas com queijo no exato momento em que a música da amiga terminou. Justin chamou o nome de Annie, dizendo que ela era a próxima. Freneticamente, ela virou o segundo *shot* duplo e se levantou para ir até o palco, parando antes na cabine do ok para lhe entregar a próxima música.

Ao subir ao palco, se virou para ajustar o microfone à altura dela, engolindo em seco e sentindo a testa começar a transpirar, por causa das luzes quentes do palco, enquanto esperava o começo de sua música. Os acordes do piano começaram a tocar e Annie se inclinou para longe do microfone, virando a cabeça de lado para limpar levemente a garganta antes de enfrentar o microfone novamente. Ao começar a cantar o primeiro verso, a voz dela soou claramente pelo salão; era gutural, profunda e sensual.

Olhando para Nate em meio à multidão, ela o viu de boca aberta. *Ha*, então ele realmente não achava que ela seria tão boa. Sorrindo para si mesma, ela quase gargalhou. Foi divertido ser capaz de surpreendê-lo assim.

Quando cantou a última nota, Nate e seus amigos aplaudiram de pé e gritaram coisas como "É isso aí, Annie! Uhuuuu! Dá-lhe, garota!".

Toda sorridente, ela voltou para a mesa e agradeceu os elogios dos amigos.

— Uau, você é realmente boa, Annie. Quer dizer, sério, você sabe realmente cantar.

— Ah, obrigada — ela disse, o rosto totalmente vermelho pelo elogio de Nate.

— Já pensou em seguir carreira como cantora?

— Ah, claro, acho que quase toda menina sonha com isso, mas eu nunca fiz nada a respeito.

— Você deveria fazer um teste para um daqueles shows de talentos.

— Eu sei. Assisto todos eles: *American Idol*, *X-Factor*, *The Voice* e *America's Got Talent*, mas nunca me senti inclinada a fazer o teste. — Ela balançou a cabeça e sorriu com tristeza.

— Por que não?

— Não sei. Acho que tenho medo de fracassar.

— Você não deve deixar que o medo te domine. Você tem um verdadeiro dom.

Annie riu.

— Você só me ouviu cantar uma música.

— Bem, quando alguém é muito bom, basta uma vez.

— Tá, pode parar. Estou começando a achar que você está tentando me fazer ficar neste tom de vermelho permanentemente.

— Tá bom, tá bom, vou parar. Mas esta não será a última vez que você vai ouvir isso de mim. Já estou ansioso pela próxima música.

— Ha, bem, agora que já escolhi a próxima, serei obrigada a fazer o meu pior.

Nate sorriu e balançou a cabeça para ela.

— De alguma forma, eu acho isso improvável.

A garçonete veio e perguntou como estavam as batatas fritas e se eles precisavam de mais alguma coisa. Nate pediu outra *Coca-Cola* e perguntou se ela queria outro *shot* duplo, e ela disse que sim.

— Você vai ficar bem para dirigir? — ele perguntou.

— Oh, sim, vou ficar bem. Esta será minha última bebida da noite e costumo ficar até ser expulsa, por volta da uma e meia.

— Você costuma ficar fora até tão tarde no meio da semana?

— Normalmente não, mas não vou a um karaokê há algum tempo, então, de vez em quando, não faz mal.

— Entendi... bem, não poderei ficar até muito tarde, mas, com certeza, fico até meia-noite mais ou menos.

— Está bem — ela disse. Justin chamou sua amiga, Ashley, a

aniversariante, para o palco, e todas as meninas na festa se levantaram para acompanhá-la até o microfone. O bar inteiro cantou *Parabéns pra você* para Ashley, em seguida, assobiaram, gritaram e aplaudiram quando as meninas entregaram o microfone para a aniversariante cantar sua música. Ela tinha escolhido *Love is a Battlefield*, de Pat Benatar, e todo mundo enlouqueceu quando a música começou, indo do palco para a pista de dança.

Mary se aproximou de Annie e a puxou pela mão, ignorando seus protestos, para se juntar a eles na pista de dança. Todos cantaram e dançaram em frente ao palco. Annie virou a cabeça para olhar Nate, sentado à mesa, com uma expressão divertida no rosto.

Depois que a música acabou, Annie voltou a mesa e bebeu seu último Kamikaze duplo da noite. Ela pediu licença e foi ao banheiro. Depois de se refrescar e verificar a maquiagem, se virou para destrancar a porta, mas, quando a abriu, viu Nate parado ali. Ele levou o dedo até os lábios e a empurrou de volta para o banheiro, virando-se para trancar a porta.

Um arrepio de excitação correu através dela quando percebeu o que ele estava fazendo... realizando sua fantasia secreta. Sem mais uma palavra, ele colocou as mãos nos quadris dela e a virou, fazendo-a ficar de frente para a pia. Ele tateou no bolso em busca de um preservativo, desabotoou a calça jeans e a empurrou, junto com a cueca boxer, até o meio das pernas, em seguida, estendeu a mão até a minissaia dela e a puxou até a cintura. Ela ouviu o crepitar da embalagem do preservativo e o olhou pelo espelho, vendo-o rasgar o pacote com os dentes.

Olhando para baixo por um momento, ele rolou o preservativo nele e, em seguida, deslizou as mãos entre as pernas dela, delicadamente, mas com firmeza, separando-as. Lentamente, correu os dedos para trás e para frente entre as pernas, provocando-a e rapidamente umedecendo suas dobras através do pequeno e frágil material sedoso que mal a cobria. Gemendo baixinho, ela começou a fechar os olhos, mas ele sussurrou em seu ouvido.

— Não, não os feche. Quero te ver me olhando pelo espelho enquanto eu te como. Vou te foder forte e rápido, e você vai adorar.

Annie ficou ainda mais úmida com a crescente necessidade por ele enquanto ouvia as instruções eróticas que ele estava dando a ela. Engolindo em seco, ela concordou com a cabeça para o reflexo dele, então ofegou quando sentiu o impulso de seu comprimento duro em sua calcinha fina, a única coisa bloqueando-o de entrar nela.

Suavemente, ele enganchou um dedo no fio dental e o puxou para o lado, empurrando a ponta do seu pau entre as dobras, lentamente entrando nela. Ele continuou a empurrar mais fundo em sua umidade apertada até que estava totalmente envolto por ela. Então, ele lhe disse para se segurar na lateral da pia... e começou a empurrar duro e rápido, golpeando os quadris nos dela, dando prazer a ambos.

Chegando perto, seus olhos nunca deixando os dela enquanto segurava seus seios, ele beliscou os mamilos através do tecido fino do vestido e rolou os bicos endurecimento entre os dedos. Ela estava sem sutiã, e a sensação foi o suficiente para mandá-la ao limite — foi tão intenso que suas pernas ficaram bambas quando sentiu o orgasmo começar a se construir dentro dela.

Nate continuou estocando vigorosamente, as pálpebras meio fechadas quando a cabeça inclinou para trás. Seus lábios se separaram e um gemido suave escapou quando ela começou a gozar e ele grunhiu batendo os quadris nos dela em suas duas últimas estocadas fortes. Foi quando ouviram uma batida forte na porta do banheiro. Gemendo de frustração, Annie revirou os olhos e deu uma risadinha. Tirada de seu orgasmo, ela disparou para o chato que batia.

— Só um minuto!

Nate rapidamente tirou o preservativo e o envolveu numa toalha de papel antes de enfiá-lo no fundo da lata de lixo. Ele puxou as calças para cima e ajeitou a camisa, sorrindo para ela enquanto puxava a saia para baixo por seus quadris. Sorrindo para ele, ela tirou um momento para verificar a aparência no espelho, certificando-se de que tudo estava alisado e de volta ao lugar.

Erguendo a cabeça, ela se preparou para o constrangimento de quando saísse do banheiro, junto com um homem. Felizmente, quem estava esperando-os saírem do banheiro tinha finalmente desistido e saído da entrada; ninguém os testemunhou saindo do banheiro juntos.

Voltaram à mesa e sentaram-se ali por alguns minutos, escutando um homem mais velho que estava cantando *Fly Me to the Moon*. O tom dele era profundo e intenso, enchendo o bar com sua voz linda e pura, mesmo com seu corpo rugoso e curvado pela velhice. Todos o aplaudiram quando ele terminou a música, em seguida, saindo, orgulhosamente, do palco, sorrindo amplamente e com a cabeça erguida. A mesa dele era próxima, e, quando se sentou, Nate se inclinou para dizer algo a ele, fazendo com que o homem idoso sorrisse novamente.

— Obrigado, meu jovem. — Ela ouviu o homem dizer.

Sorrindo, ela apertou a mão dele antes de procurar outra música. Estava quase na sua vez de cantar novamente, mas já queria ter outra música separada para levar. Ela estava começando a escrevê-la quando Justin chamou seu nome. Às pressas, terminou de escrever e depois tomou um gole de água antes de levantar e se encaminhar para o palco mais uma vez. Após deixar uma gorjeta para o ok e lhe entregar a próxima música, Annie se virou para pegar o microfone do suporte.

A música começou a tocar e, olhando diretamente para Nate desta vez, ela começou a cantar para ele. Na metade da música, ele olhou de relance para o celular, que estava na mesa, e franziu a testa quando o pegou. Escutou um momento e começou a dizer algo, então se levantou da mesa e foi em direção à saída do bar. Annie terminou a música e desceu do palco. Ela se sentou e esperou alguns minutos, não querendo incomodar o telefonema dele, que aparentemente era urgente.

Depois de dez minutos, ela finalmente se levantou foi até o lado de fora para vê-lo, mas, quando saiu, olhou ao redor e começou a entrar em pânico. Ele estava longe de ser visto. Annie o procurou pelo estacionamento para ver se ele tinha, possivelmente, ido até o carro para terminar o telefonema, mas o local estava quase vazio, exceto por alguns carros — nenhum *Honda Accord*. Intrigada, pegou o celular e ligou para ele; tocou uma vez e caiu na caixa postal. *Que merda é essa?*

Annie tentou se acalmar, caminhando lentamente de volta para o bar, quando, furiosa, digitou uma mensagem de texto para ele.

Annie: Um, que porra é essa, Nate? Aonde você foi?

Claro, não houve resposta. Ela ficou do lado de fora mais alguns minutos, filando um cigarro, muito necessário, de um dos caras que estavam parados do lado de fora do bar. Rezando por paciência e ainda querendo pensar o melhor dele, Annie tentou pensar numa explicação razoável para o seu desaparecimento. No começo, ela pensou que talvez houvesse uma emergência com um dos pacientes que ele era responsável. Mas, mesmo nesse cenário, ela não conseguia imaginar que ele tivesse ido embora sem dizer uma palavra, nem sequer mandar uma mensagem de texto explicando sua saída repentina.

Finalmente, ela desistiu e lhe enviou mais uma mensagem de texto.

Annie: Muito homem da sua parte. Me come e depois vai embora sem dizer uma palavra. Queira Deus que você tenha tido uma emergência e não seja o maior idiota do mundo.

Com o coração partido, ela voltou ao bar para pagar a conta e se despedir dos amigos. Como era de se esperar, ele foi embora sem pagar a conta, apesar de que tudo o que tinha consumido foram duas *cocas*. Ainda assim, em seu estado excessivamente sensível, ela estava se sentindo completamente idiota.

Ashley perguntou onde estava o amigo dela, e Annie inventou uma desculpa, dizendo que ele teve uma emergência familiar e precisou ir embora. Ela teve vontade de esbofetear a amiga quando se sentou ao lado dela e assentiu com um olhar compreensível e triste no rosto. A noite começou com tanta expectativa e tão rapidamente despencou ao ponto de pura frustração, que Annie estava se sentindo esgotada emocionalmente por essa súbita mudança.

Quando saiu do bar, entrou no carro para ir para casa, enxugou uma lágrima da bochecha e, cerrando os dentes, olhou obstinadamente seu reflexo no espelho retrovisor. *Eu não vou chorar!*

Apesar de sua determinação, não conseguiu conter as lágrimas enquanto dirigia. Ela estava uma bagunça, aos prantos, quando estacionou na frente de seu prédio. Rezando para não dar de cara com ninguém no pátio, ela correu para destrancar a porta e entrar. Jogando as chaves na mesinha de centro e tirando os sapatos, foi direto para o banheiro tomar um banho quente.

Annie se sentia suja e usada e só queria lavar a memória do toque dele de sua pele. Sob a água quente escaldante e com a testa encostada na parede do chuveiro, ela chorou de soluçar. Com raiva, bateu o punho contra a parede. Por que ela era tão estúpida e ingênua? Por que os homens continuam fazendo essas sacanagens com ela?

Ela não conseguia entender como ele pôde agir como um perfeito cavalheiro dizendo as coisas certas e, depois de comê-la, ir embora sem dizer uma palavra. Que tipo de pessoa faz isso? Ele até esperou mais uma noite antes de transar com ela, quando tinha a certeza de que sabia que poderia ter transado com ela na primeira noite, quando veio ao apartamento dela e conheceu Alex. Qual foi o ponto de esperar aquela noite a mais se ia embora depois que acabasse de transar?

Enquanto a água quente continuava a correr pelo corpo, ela pensou nos e-mails dele, nos quais ele tinha deixado bem claro que estava interessado em encontros sexuais públicos e, ela tinha que admitir, o encontrou na seção *encontros casuais*, mesmo ele alegando querer amigos verdadeiros com benefícios. Para ela, amigos com benefícios implicava numa troca de serviços entre amigos... não apenas um encontro.

No final, parecia que ele tinha aprendido a dizer as coisas certas para conseguir o que queria e era isso... fim da história. Ele obviamente sentiu como se não tivesse a obrigação de dar uma desculpa qualquer ou explicação antes de abandoná-la lá.

Se ela continuasse pensando nisso por mais tempo, sua cabeça explodiria com todas as possibilidades de por que ele fez o que fez, e se ele eventualmente se explicaria ou não. Exausta, ela finalmente desligou o chuveiro e se secou antes de vestir o roupão.

Ao desabar na cama, puxou a coberta sobre a cabeça. Ela tentou relaxar e dormir, mas ficava vendo-o na cabeça. Num momento, ele estava olhando profundamente nos olhos dela através do espelho do banheiro. No seguinte, estava atendendo o celular, sem nem sequer olhar para ela quando se levantou e saiu do bar.

Talvez ele tivesse uma esposa ou namorada fora da cidade e ela tinha retornado mais cedo, ligando para ele voltar para casa, então ele não teve escolha a não ser ir embora. Seria *sorte* dela, se fosse algo do tipo. Talvez ele tivesse ficado decepcionado com o desempenho dela no banheiro e não sabia um jeito educado e decente de dizer que ela era repugnante e não queria tocá-la novamente. Mas ele não tinha agido como se tivesse nojo dela; na verdade, parecia muito excitado. Então o que houve? O que o fez correr?

Mais e mais perguntas continuavam se acumulando em sua cabeça, até que a exaustão a reivindicou, fazendo-a cair em um sono profundo, mas perturbado.

Capitulo 11

Acordar para trabalhar na manhã seguinte foi difícil, mas ela conseguiu levantar e, mal entrou no chuveiro, começou a choramingar e a se sentir dilacerada novamente. Mentalmente, se sacudiu e disse a si mesma para se recompor — o imbecil não valia suas lágrimas. Ela não se incomodou em secar o cabelo, apenas o alisou para trás e o prendeu em um coque, passando uma quantidade generosa de maquiagem, de modo que ninguém poderia dizer que tinha chorado quase a noite toda.

Ela chegou cedo ao trabalho e foi direto para sua mesa, não parando para falar com ninguém no caminho. Não confiava em si mesma para não irromper em lágrimas, caso alguém de ontem à noite mencionasse Nate. Determinada a manter o foco no trabalho, colocou os fones de ouvido de seu *iPod* e ouviu música a manhã toda enquanto trabalhava, às vezes golpeando o teclado como se o estivesse atacando.

Quando chegou a hora do almoço, ela foi diretamente para o estacionamento, onde destrancou e entrou no carro, abrindo as janelas para refrescar. Relutantemente, olhou para o celular, mas não havia nenhuma nova mensagem esperando por ela. Verificou sua caixa de e-mail, mas também não havia nada, exceto promoções do *Groupon* e uma oferta para um happy hour de seu restaurante favorito de churrasco japonês.

Suspirando e fungando, ela limpou as lágrimas e se inclinou no apoio de cabeça, fechando os olhos. Às cegas, tateou a alavanca para poder deitar mais o encosto.

— Oi, eu não queria me intrometer nem nada, mas você está bem?

Seus olhos se abriram e ela se sentou mais ereta, piscando e olhando em volta para a origem da interrupção indesejada. Quando virou a cabeça para a esquerda, viu um rosto vagamente familiar a olhando pela janela do carro.

Ela quase suspirou alto quando percebeu quem era aquele cara... o que a tinha visto dançando em seu carro depois que Gabe a chamou para sair no primeiro encontro. Ela, secretamente, o tinha apelidado de *Lábios*, já que ele tinha pego o gloss dela e lhe devolvido... e mais, ele tinha lábios realmente cheios e sexy. Se bem lembrava, ela tinha sido meio rude com ele.

Fazendo careta, ela balançou a cabeça.

— Não que isso seja da sua conta, mas não, não realmente. Estou tendo um dia de merda... bem, na verdade, um ano.

— Lamento ouvir isso — ele disse. — Olha, bem, como você disse, não é da minha conta, mas odeio ver uma garota bonita chorando.

Estreitando os olhos, ela o olhou.

— É mesmo? Você parou para perguntar como eu estou, só para flertar comigo?

Ele riu e levantou a mão livre em protesto, a outra segurando a alça de uma mochila preta.

— Ei, de modo algum. Você teve a ideia errada. Sabe, eu só estava passando. Odeio ver qualquer garota triste, de verdade.

Sentindo-se culpada pela grosseria, ela olhou para as mãos e respirou profundamente.

— Desculpe, normalmente não sou tão arrogante, eu juro. E também não desconto nos outros.

— Hora errada, lugar errado?

— Algo parecido.

— Bem, olhe. Tenho ensaio agora, então é melhor eu ir andando senão chego atrasado, mas que tal tomar uma xícara de café comigo depois que você sair do trabalho? Sou um cara sensível e escuto muito bem. Se você tem algumas merdas que precisa desabafar, ficarei feliz em ouvir e tomar uma surra no lugar de quem a está chateando. Mas você paga o café.

Bufando, ela o olhou com ceticismo.

— Então você vai ouvir o meu discurso e reclamações se eu te pagar um café?

Ele assentiu sério e a olhou com expectativa.

— Bem, de alguma forma, acho que estou ficando com a melhor parte do acordo, mas... tudo bem. Acho que eu poderia gostar de ouvir a perspectiva de um cara, e seria bom ter alguém imparcial para conversar.

— Legal. Geralmente eu saio do ensaio por volta das cinco e meia ou seis. A que horas você sai do trabalho?

— Seis.

— Tudo bem, nos encontramos no Starbucks que fica entre o meu estúdio de dança e o cinema?

— Você é dançarino?

— Sou. — Ele sorriu para ela. — Não do tipo exótico, entretanto.

Annie não conseguia parar o sorriso indesejado que a resposta trouxe aos seus lábios.

— Oh, olha, viu? Acabei de te fazer sorrir. — Ele sorriu, apontando o dedo para ela. — Assim está melhor. Você definitivamente deveria sorrir mais vezes.

Claro, isso trouxe a carranca de volta ao rosto dela.

— Eu sorrio o tempo todo.

— Bem, das duas vezes que eu te vi, em uma você estava sorrindo. Então acho que isso é cinquenta por cento do tempo. Mas acho que todo mundo deveria sorrir muito mais do que metade do tempo. O mundo seria um lugar muito mais feliz.

— É bem provável que você tenha razão. Tá bom, Sr. Fred Astaire Sorridente. Te encontro no Starbucks um pouco depois das seis.

— Hahaha, combinado. — Ele começou a se afastar, mas parou e voltou. — Espera, agora que me dei conta que ainda não sei seu nome.

— Annie.

— Casey — ele disse, estendendo a mão para dentro da janela do carro para apertar a mão dela.

— Prazer em conhecê-lo, Casey.

— Igualmente. Bem, te vejo mais tarde — ele disse, acenando para ela antes de se afastar. Ela o observou sair do estacionamento e virar a esquina antes de ela, mentalmente, se sacudir e sair do carro, pensando que deveria ser crime um homem bonito ser tão encantador.

Na primeira vez que ela o viu, não tinha dado uma boa olhada nele, mas, desta vez, percebeu que ele era muito alto, tinha um belo bronzeado e braços bem tonificados. Em ambas as vezes, ele usava um boné de beisebol vermelho com a aba para trás, então ela ainda não sabia como era o cabelo dele.

Quando ele apertou sua mão, notou que ele tinha olhos verdes incríveis e não parecia ter nenhum piercing... que estivesse à mostra. Ele também tinha um cheiro absurdamente gostoso. *Deus a ajude.*

Quando olhou para o relógio e viu que eram seis horas, Annie desligou o computador e juntou suas coisas, parando no carro para deixar a bolsa de trabalho. Estava ficando um pouco frio, então pegou um suéter que achou no banco de trás, pegou a carteira de dentro da bolsa e trancou o carro.

Caminhou até Starbucks e, alguns minutos depois, encontrou Casey sentado em uma mesa do lado de fora. Ele parecia estar enviando uma mensagem de texto quando ela se aproximou e puxou a cadeira à sua frente. Olhando para cima, ele abriu um sorriso largo e colocou o celular no bolso.

— Você veio — ele disse, empurrando um copo de café na direção dela.

— O que é isso?

— Decidi arriscar e comprei pra você um mocha de chocolate branco com chantilly. Sei que meninas normalmente adoram essa bebida.

Annie o encarou por uns instantes antes de falar.

— Hum, obrigada. É o meu favorito.

Abrindo o sorriso, ele se recostou na cadeira.

— Viu? Eu sou bom.

— Interessante... Mas pensei que era eu quem ia pagar o café. Sabe, em troca de você ouvir o meu desabafo.

— Você paga da próxima vez.

Ia ter uma próxima vez? Ela certamente esperava que sim.

— Combinado.

— Então... agora que está aqui. Diga-me o que te deixou tão pra baixo hoje.

Respirando fundo, Annie suspirou e tomou um gole de café.

— Mmm... isso tá bom. — Casey ficou ali sentado, olhando-a e esperando-a começar a falar. — Tá bem, tá bem... Por onde começar? Bem, acho que... vamos desde o início, quando eu namorei um ator que tinha acabado de se mudar para Los Angeles; eu tinha dezenove anos e ele me usou, morando comigo sem pagar aluguel durante vários meses. Eu pagava todas as contas, e ele tinha todas as regalias. Ele me repelia toda vez que eu tentava... você sabe, transar com ele. Desculpa se é muita informação.

Casey riu.

— Não, continue.

— Ok, então, ele me colocava pra baixo o tempo todo e eu não entendia o que estava acontecendo. Eu era jovem, em boa forma, e me achava atraente. Não conseguia entender por que ele nunca queria transar comigo. De qualquer forma, ele finalmente conseguiu alugar um apartamento e eu o vi menos ainda.

— Eventualmente, fiquei frustrada e, uma noite, no Réveillon, levei um cara pra casa comigo. Uma coisa levou à outra e, sim, você pode adivinhar o que aconteceu... e, então, Mark, o cara que eu estava namorando, nos flagrou. Me senti a pior pessoa do mundo; nunca pensei que trairia alguém.

— Então, o Mark me arrasou, me fazendo sentir culpada e terrível por magoá-lo. E depois descobri que ele falava ao telefone com outra garota todos os dias quando eu ia trabalhar, ou seja, ele estava me traindo, em primeiro lugar, o tempo todo! — Annie suspirou, tomando outro gole de café.

— Droga. Isso foi muito sacana da parte dele.

— Foi, foi mesmo. De qualquer forma, alguns anos depois, eu consegui seguir em frente, mas, compreensivelmente, tenho problemas de confiança; e olha que tentei namorar um ou outro, mas nada nunca durou mais do que seis meses. Então, decidi dar uma de louca e tentei o namoro online. Tenho algumas amigas que conheceram pessoas assim, e uma delas está em um relacionamento sério agora, por isso achei que não custava nada tentar.

Casey riu e acenou com a cabeça para ela.

— É verdade. Eu também já tentei isso algumas vezes.

— Teve sucesso?

— Eh, bem, não. Mas continue sua história.

— Bem, eu não estava muito a fim de gastar muito dinheiro com isso até que eu tivesse certeza, então pensei em ver se eu teria alguma sorte com um serviço gratuito e decidi conferir os anúncios do *Craigslist* primeiro.

— Ha! O *Craigslist*, hein? E como foi?

— Não é grande coisa. Quer dizer, conheci dois caras e eles pareciam ótimos no início. Me apaixonei perdidamente pelo primeiro. Ele era totalmente meu tipo e nosso primeiro encontro foi tudo o que eu poderia ter desejado e muito mais. Éramos totalmente inseparáveis durante as primeiras semanas. Ele até me levou para ficar com ele, durante o fim de semana, num deslumbrante resort em Phoenix.

— Uau. Sério?

— É. Foi incrível. Ele realmente fez tudo o que estava ao alcance dele. Mas, depois de me dar o final de semana mais perfeito da minha vida, voltamos para Los Angeles e ele disse que precisávamos conversar.

— Oh, não! As derradeiras palavras.

— Ugh, eu sei bem. Mas, mesmo assim, eu realmente esperava que "a conversa" não acontecesse.

— Então, qual era o problema?

— Ex-namorada grávida.

— Ai, merda. — Casey estremeceu.

— É.

— Então, o que você fez?

Annie riu.

— A única coisa que eu poderia fazer para continuar com a dignidade que me restava: eu o mandei embora.

— E foi isso? Não deu uma de psicopata louca nem jogou alguma coisa na cabeça dele ou algo do tipo?

— Ah, não, mas eu deveria ter.

— Algumas meninas que conheço teriam feito isso, mas acho que a maioria delas são bem loucas.

— Ele não valia a pena eu quebrar qualquer coisa nele.

— É isso aí. — Sorrindo, Annie terminou o resto do café e Casey se levantou para jogar os copos vazios no lixo. Caminhando de volta para a mesa, ele lhe ofereceu a mão. — Quer sair daqui e dar um passeio?

— Claro — ela concordou, levantando-se. Ele pegou sua mochila e fez um gesto para ela ir na frente. Eles começaram a passear preguiçosamente ao redor da praça, parando quando um grupo de adolescentes quase os atropelou, correndo em direção ao cinema. Annie tropeçou para trás quando eles a empurraram, caindo em um grande vaso de plantas. Rindo, Casey pegou suas mãos, ajudando-a se levantar. Envergonhada, ela riu da situação e, silenciosamente, amaldiçoou os adolescentes indisciplinados por fazê-la parecer desajeitada na frente dele.

Depois de ajudá-la a se limpar, ele continuou a conversa.

— Então, você já teve seu coração partido duas vezes e agora odeia o mundo.

— Não, não, três vezes, na verdade. Apesar de que o mais recente foi realmente culpa minha. Conheci um cara na seção de *encontros casuais*.

— Sério?

— Eu sei. Eu sei! — Annie ficou perplexa com si mesma. Ela não estava acreditando que estava contando absolutamente tudo a esse cara, sem nenhum filtro. Foi aterrorizante e meio libertador, ao mesmo tempo. Ela estava sendo cem por cento honesta com um cara e ele não estava correndo para as colinas... ainda.

— O que aconteceu?

— Tivemos um bom diálogo por e-mail e trocamos histórias de encontros sexuais nos mais loucos lugares que já estivemos.

— Isso está cada vez mais interessante.

— Você não faz ideia.

Ele riu.

— Bem, não me mantenha em suspense. Continue.

— Então, ambos admitiram ter feito sexo em locais públicos, o que achamos bem excitante.

— Legal.

— E eu contei pra ele que uma das minhas fantasias não realizadas era transar num banheiro público.

— Uh-oh, isto vai dar aonde eu acho que vai? Vai me dizer vocês transaram num banheiro público, e você foi presa?

Annie bufou e abanou a cabeça, incapaz de conter a gargalhada.

— Por favor, isso é sério — ela reclamou.

— Desculpe, desculpe — ele disse, erguendo as mãos e sorrindo para ela.

— De qualquer forma, acabamos nos encontrando para tomar um café, que realmente foi muito bom. Estávamos nos dando muito bem, então ele me chamou para ir ao Third Street Promenade com ele.

— Você *não* fez isso na Third Street.

— Não — ela disse, arrastando a palavra. — Quem está contando a história?

— Desculpe, não vou interromper novamente. Prometo.

— Ha, não acredito em você. De qualquer forma, estou quase acabando. Então, passeamos pela avenida e ele me apresentou ao meu primeiro gelato.

— Isso parece meio sujo, de alguma forma.

— É impressão minha ou ouvi você dizer que não iria me interromper novamente?

Casey olhou para ela, suavemente e não disse mais nada, fazendo-a rir antes de continuar.

— Para mim, o gelato é basicamente a mesma coisa que um sorvete. Só não é tão bom.

— Graças a Deus. Pensei que eu fosse o único.

— Certo? É apenas um nome pomposo! Quer dizer, talvez seja diferente se você o tomar na Itália, mas aqui tenho certeza de que eles acabam americanizando qualquer merda vinda de fora.

— É verdade.

— Então, passeamos pela avenida por um tempo e depois descemos para o píer e andamos de roda gigante.

— Que romântico.

— Mas tenho medo de altura.

— Que... trágico.

Rindo, Annie socou o braço dele, fazendo-o estremecer, simulando dor.

— Nós dois fomos para casa depois disso, mas ele me mandou uma mensagem de texto logo depois que cheguei dizendo que já estava com saudade e queria vir jantar comigo e meu amigo gay, que mora no mesmo condomínio que eu. Então ele veio, eles se deram bem, tudo estava indo muito bem e eu não poderia estar mais feliz, então ele acabou indo para casa logo depois que Alex se foi. Ele poderia ter transado comigo naquela noite, mas me disse que queria ser um amigo de verdade com benefícios e me conhecer melhor primeiro.

— Que idiota! — Casey disse, tossindo.

— Ha, exatamente. Então, na noite seguinte, saí para o karaokê com alguns amigos do trabalho para comemorar o aniversário de uma amiga e o convidei. Ele foi, mas não bebeu nem cantou. Eu tinha tomado três *shots* duplos de Kamikazes, mas me sentia bem. Cantei minha primeira música, e ele pareceu impressionado; a noite estava indo muito bem. Então, tive que usar o banheiro. E assim que saí, ele estava ali, então entrou e fechou a porta.

— Oh, você transou com ele no karaokê! — ele gritou, fazendo várias pessoas ao redor olharem para eles.

— Shh! — Annie bateu no braço dele, fazendo-o se calar.

— Ai! Alguém já te disse que você é meio violenta?

— Ha, meu amigo Alex já disse, mas acho que vocês dois são maricas.

— Ei!

— Estou brincando, mas, tipo, você poderia, por favor, falar baixo? — Annie pediu.

— Desculpe — ele falou, imediatamente parecendo arrependido.

— Desculpas aceitas. De qualquer forma, minha história está quase terminando. Então, sim, transamos no banheiro do karaokê e alguém bateu na porta, assim que ele acabou de gozar, mas o meu foi interrompido. Não acredito que estou te contando tudo isso.

— Minhas amigas dizem que eu sou fácil de conversar — ele disse com um sorriso.

— É mesmo. Bem... então, endireitamos nossas roupas e saímos do banheiro. Felizmente, quem estava esperando do lado de fora tinha desistido e, sendo assim, ninguém nos viu saindo juntos do banheiro. Assim que voltamos à mesa, fui chamada para cantar, e, enquanto eu estava no palco, alguém ligou para ele no celular. Ele atendeu e, então de repente, se levantou e saiu do bar. Pensei que tivesse saído para falar do lado de fora, por causa do barulho.

— Bares karaokê normalmente são barulhentos.

— Sim, exatamente. Então esperei por mais ou menos uns dez minutos depois que terminei de cantar, mas ele não voltou para dentro. Fui procurá-lo, mas não o encontrei.

— Sério? Ele te abandonou lá?

— Sim. E não me disse nada antes de ir embora, nem mandou uma mensagem de texto ou me ligou mais tarde, nada. Até tentei ligar e mandar mensagens, mas ele não respondeu nem a um nem a outro.

— Que babaca.

— Nisso você tem razão. Pode repetir.

— Que *babaca*! — ele exclamou, fazendo as pessoas olhá-los novamente.

Gemendo, Annie abaixou a cabeça, envergonhada.

— Eu não te conheço — ela disse, rapidamente se afastando dele, mas ele foi atrás.

Casey estendeu o braço para lhe fazer cócegas, de brincadeira, enquanto ela tentava afastar a mão dele.

— O quê? Você disse para eu repetir.

— Não quis dizer literalmente, tampouco para você gritar.

Rindo, ele acenou com a cabeça.

— Eu só estou te ajudando a sair da sua concha. Você se importa demais com o que as pessoas pensam de você.

— E você sabe disso depois de só passar algumas horas comigo?

— Pode não parecer, mas sou um cara muito perspicaz.

— Hmm. Bem, de qualquer forma, esse é o fim da minha história. O cara me comeu e me abandonou sem nenhuma explicação, e é por isso que você me viu tão triste no estacionamento do trabalho hoje.

— Eu sinto muito.

Quando ela o olhou e viu que ele parecia sincero, sua atitude em relação a ele começou a mudar.

— Acho que estou aprendendo a lição do jeito mais difícil.

— Bem, sabe o que eu penso?

— Eu quero saber?

Ignorando seu comentário, ele continuou.

— Bem, primeiro de tudo, acho que você precisa parar de procurar caras online.

— Tenho que concordar com você sobre isso

— Em segundo lugar, não transe com um cara no primeiro encontro; você provavelmente não o verá novamente.

— Eu sei... e, com esse último cara, não era de fato o nosso primeiro encontro, era mais como o terceiro. Sei que, ainda assim, não deveria ter transado com ele tão facilmente. Mas, como eu disse, a culpa foi minha; eu fui à procura no *encontros casuais*.

— Oh, sim, isso é. Bem, olha, eu odeio tomar café e correr, mas, na verdade, tenho que encontrar alguns amigos.

O coração da Annie começou a afundar quando ele pareceu dar desculpas para se livrar dela o mais rápido possível.

— Oh, claro, sem problema — ela gaguejou. — Me desculpe, não foi minha intenção te segurar por muito tempo.

— Ei, a ideia foi minha. Parecia que você precisava de um amigo para conversar, e, como eu disse, odeio ver uma garota bonita chorando. — Ele deu um sorriso preguiçoso e piscou para ela, a cabeça ligeiramente inclinada para trás quando balançou a cabeça para ressaltar: — Escuta, você quer fazer isso de novo, talvez na quinta-feira? Tenho outro ensaio nesse dia.

Um pouco surpresa por ele querer vê-la novamente, Annie hesitou um momento antes de responder.

— Claro, seria legal. Encontro para um café no mesmo horário?

— Para mim está perfeito.

Capitulo 12

Sonhar acordada pode ser perigoso se você se deixar levar muito profundamente. Você pode facilmente passar uma hora meditando sobre algo antes de se dar conta. Para seu espanto, Annie foi pega olhando para o nada, no trabalho, fazendo exatamente isso.

Era pouco mais de meio-dia quando Grace, a assistente jurídica do sócio-gerente da empresa, veio perguntar sobre um dos relatórios mensais. Era um pedido simples e só demorou uns minutos. O Sr. Grant queria dez cópias dos casos mais recentes dos advogados, por ordem de clientes, e tudo o que ela tinha que fazer era clicar em ordenar em sua planilha do Excel e imprimir, mas o fato de Grace a ter pego olhando para o nada, em vez de trabalhar, a deixou um pouco nervosa. Ter alguém te espionando enquanto você está tentando fazer algo que normalmente faria rápido faz você se sentir nervosa e parecer uma idiota desastrada.

Todos na empresa sabiam que o Sr. Grant escutava tudo o que Grace o aconselhava a fazer. Era um assunto proibido, mas bastante conhecido entre as mulheres que os dois estavam tendo um caso, mesmo o Sr. Grant sendo casado. Annie só esperava que Grace não levasse a ele que ela estava fazendo corpo mole quando deveria estar trabalhando.

Quando ficou sozinha novamente, Annie suspirou de alívio e olhou para o relógio. Estava quase na hora do almoço, então decidiu enviar uma mensagem para Alex para ver se ele queria almoçar com ela. Ele trabalhava em Culver City, e, às vezes, se encontravam para almoçar, já que o escritório dele ficava apenas a uma curta distância de Westchester.

Alex respondeu imediatamente, perguntando se ela queria comer sushi.

Annie: Quando não quero comer sushi? Kabuki?

Alex: Onde mais? Te vejo lá em vinte minutos.

Annie: Legal, até já.

O Kabuki estava lotado por causa do horário do almoço. A recepcionista disse a eles que, se se sentassem no bar, seriam servidos mais rápidos, então decidiram recusar a espera por uma mesa. Depois de fazerem seus pedidos, Alex a cutucou.

— Então, amiga, desembucha. Não vejo nem falo com você desde domingo à noite. O que está acontecendo com o Nate? Já deu pra ele? Ele tem um pau pequeno e você deu um pontapé na bunda dele?

— Eu ficaria feliz se nunca mais visse esse cara outra vez.

— Nossa! O que aconteceu? Ele parecia legal.

— Não sei se ele é um ótimo ator ou se aconteceu algo horrível, mas estou com dificuldade de chegar a uma explicação que desculpe o que ele fez.

— O que ele fez?

Annie suspirou.

— Ok, bem, você o viu no domingo. Todos estávamos nos divertindo, e então você foi embora. Eu tinha total certeza de que íamos transar, mas ele disse que tinha que trabalhar cedo e foi embora logo depois de você.

— O que há de errado com ele?

— Sim, também achei meio estranho, mas ele disse que queria me conhecer melhor e ser meu amigo de verdade, mas com benefícios. De qualquer forma, ele me ligou na noite seguinte, depois que cheguei em casa do trabalho, e eu disse que ia ao karaokê para comemorar o aniversário da Ashley, então ele me perguntou se podia ir junto. Ele foi e nos divertimos muito.

— O que você cantou?

— *Because the Night.*

— Legal. E?

Sorrindo, Annie estufou um pouco o peito.

— Eu arrasei no microfone, é claro, e ele adorou. Depois, fui ao banheiro e, quando eu estava saindo, ele estava lá. Então, me empurrou de volta para dentro e trancou a porta; transamos ali mesmo no banheiro. Foi excitante e poderíamos ter sido pegos a qualquer momento. Na verdade, alguém bateu na porta depois de alguns minutos, mas, quando a abrimos, não havia ninguém no corredor.

— Uau, totalmente excitante. Então, você gostou?

— Bem, sim, foi emocionante no momento. Mas, quando subi para cantar minha próxima música, ele recebeu um telefonema e foi para fora falar. Fui procurá-lo depois de esperar uns dez minutos, mas ele tinha sumido.

Alex ficou boquiaberto.

— Como assim sumido? Foi embora?

— Sim. Sumido de ir embora. Procurei no estacionamento em frente e ao lado, mas nada do carro dele.

— Que porra é essa?

— Eu sei... Não consigo acreditar até agora que ele fez isso comigo. Então fui para casa, tomei um banho e chorei, e desde então me sinto uma merda. Tentei ligar, mas ele não atendeu. Enviei uma mensagem de texto, mas ele não respondeu. Eu só queria ter algum tipo de explicação. Me sinto a maior idiota.

— Querida, ele me enganou também. Não se sinta mal. Que babaca. — Ele se inclinou e lhe deu um abraço de lado.

Annie o abraçou de volta e suspirou assentindo.

— Ele é. Tipo, quem faz isso? — Eles foram interrompidos pela garçonete, que trouxe seus sushis com molho de soja misturado com um pouco de wasabi. Antes de começarem a comer, compartilharam alguns pedaços. Depois de algumas mordidas, Annie continuou a conversa. — De qualquer forma, há mais história, mas, na verdade, não tem a ver com ele.

— Oi?

— Eu estava totalmente abatida por causa do Nate, então, na hora do almoço, fui para o carro e chequei meu e-mail para ver se tinha algo dele, mas nada. Estava com os olhos marejados e tristes quando esse lindo cara, que eu já tinha visto no estacionamento uma vez antes, parou para me perguntar se eu estava bem.

— Oh, meu Deus.

— Eu sei. No início, me senti humilhada por ser pega chorando por causa do idiota do Nate, e então fiquei com raiva por ele ser intrometido.

— Bem, foi meio meigo.

Assentindo, Annie revirou os olhos.

— Eu sei, foi completamente meigo e eu fui uma vadia no começo, mas ele só estava tentando ser um bom samaritano ou algo do tipo. Enfim, ele me perguntou se eu queria tomar café com ele depois que saísse do ensaio de dança.

Alex sorriu.

— Ele é dançarino?

— É... Me pergunto como ele deve ser numa boate. Muito gostoso, com certeza. Ele definitivamente parece ser do tipo que sabe se movimentar.

— Bem, você vai descobrir?

— Não sei. Minha cabeça está muito confusa depois do que aconteceu com o Nate, e nem sei se Casey está procurando por algo assim comigo. Acho que ele está sendo um cara legal, e, além do mais, nem sei se ele é solteiro.

— Então o que vocês conversaram no café?

— Oh, meu Deus, Alex. Não sei explicar o que me deu, mas é como eu tivesse vomitando as palavras ou algo assim. Pela primeira vez, não tive medo de ser cem por cento total e completamente honesta com um cara. Contei-lhe sobre Mark, os anúncios do *Craigslist* e meus encontros com Gabe e Nate. E ainda dei detalhes!

— Bem, você nunca mais o verá novamente.

— Não, eu também pensei assim, mas ele quer sair novamente, amanhã depois do trabalho. Ele tem outro ensaio de dança.

— Mmm, cai dentro, garota.

Rindo, Annie abanou a cabeça.

— Eu não sei. Acho que quero levar as coisas devagar e tentar ser amiga dele. Além disso, ele é *tão* bonito, e me lembra o Channing Tatum, então, não quero começar a criar expectativas. Doeria muito me decepcionar com ele.

— *Magic Mike*, hein?

— Haha, não, ele disse que não é um dançarino exótico.

— Stripper.

Annie riu novamente e empurrou o braço de Alex divertidamente.

— Cala a boca, ele não é stripper.

— Claro que não é. Então, café amanhã à noite, hein?

— Sim, só café e mais conversa. Talvez ele me conte que tem uma namorada psicopata da qual está tentando se livrar.

— Pense no lado positivo, querida.

— Você me conhece.

— Bem, só tenha cuidado com o seu coração, garota, não importa o quê. Eu me preocupo com você. — Ele inclinou a cabeça no ombro dela e suspirou. — Não gosto de te ver magoada.

— Eu poderia dizer o mesmo sobre você. O que acontece com a sua vida amorosa?

— Nada e acho que meio que estou gostando assim, por enquanto.

— Bem, me avise se algum dia você quiser que eu te arrume alguém. Tenho certeza de que Casey conhece alguém. — Ela deu uma risadinha com o pensamento. — Espero que você goste de um cara que use meia-calça.

— Quem não gosta? Então, se não é exótico, que tipo de dança o Casey/Channing faz?

— Ele não disse. Tenho que perguntar amanhã à noite.

— Faça isso. Bem, garota, foi divertido, e quem me dera não precisar sair logo, mas tenho que voltar ao trabalho antes que minha chefe descubra que o meu almoço demorou mais tempo do que o habitual.

— Essa cadela é uma feitora de escravos.

— Você é que está dizendo.

— Por que você não se liberta?

— Porque ela me paga muito bem.

Rindo, Annie balançou a cabeça.

— Então isso é uma tortura autoinfligida.

— O melhor tipo. Te vejo mais tarde. — Ele colocou algum dinheiro para pagar a metade da conta e soprou um beijo antes de sair do restaurante. Agora, ela só tinha que aguentar mais quatro horas de trabalho antes de ir para casa e se perder nos programas de reality shows e pedir comida chinesa.

Depois de sair do trabalho, Annie parou no seu salão preferido e disse a Janai, seu cabeleireiro, queria cortar o cabelo na altura dos ombros. Ela ia tentar recomeçar sua vida amorosa e queria um novo corte de cabelo para mudar o visual. Prendendo a respiração, ela fechou os olhos bem apertados quando Janai o cortou vários centímetros. Parecia esquisito, mas estranhamente libertador, pois seu cabelo se tornou mais leve e mais claro enquanto partes dele caíam no chão ao redor dela.

Quando o trabalho terminou, Annie se olhou no espelho e não conseguiu evitar de sorrir. Janai a tinha feito se sentir incrível, e quase não reconheceu o rosto radiante no espelho. Agradecendo ao seu talentoso cabeleireiro, ela lhe entregou uma gorjeta e o envolveu em um grande abraço.

— Você fez exatamente o que eu precisava — ela disse, meio que para Janai e meio que para si mesma.

Na noite seguinte, quando Annie saiu do trabalho, parou no banheiro para retocar a maquiagem e trocou a sandália confortável por uma de salto alto. Mesmo não sabendo quais eram as intenções de Casey, ela queria ter uma boa aparência. Achou que o que tinha feito ontem tinha que ser uma melhoria.

Quando se aproximou do estúdio de dança, no caminho para se encontrar com Casey, ela o viu parado de pé do lado de fora, conversando com uma loirinha muito atraente com um sorriso incrível, alegre e pernas lindas. A loira estava inclinada com a mão no ombro dele, rindo de alguma coisa que ele tinha acabado de dizer. Para desânimo de Annie, ele estava rindo também e não fazia qualquer tentativa de se livrar do seu toque.

— Ahh, oi — Annie disse, parando na frente deles.

— Oi, aí está você. — Ele se virou para a loira que, imediatamente, começou a lançar adagas com os olhos para ela, por interrompê-los. — Kelsey, te encontro mais tarde, ok? Até mais. — Afastando-se dela, ele sorriu para Annie e fez um gesto para a Starbucks. — Você primeiro.

Incapaz de evitar, Annie sorriu presunçosamente para Kelsey, que olhou furiosamente para ela ainda mais e, em seguida, virou-se para começar a andar na direção da cafeteria.

— Uau, você cortou o cabelo! — ele exclamou quando começou a andar ao lado dela.

— Ah, sim... gostou? — ela perguntou nervosamente, conscientemente tocando a lateral da cabeça.

— Sim, ficou bem em você. O que te fez decidir cortá-lo?

— Eu não sei... Só senti que precisava de um novo começo e esse foi meio que um primeiro passo simbólico para mim.

— Legal, entendi. Bem, bom para você, ficou ótimo.

— Obrigada — ela disse, sorrindo timidamente para ele. — Sabe, nem sei como é seu cabelo. Está sempre usando esse boné toda vez que te vejo — ela disse com um sorriso, apontando um dedo para a cabeça dele.

Ele riu e puxou o boné da cabeça, correndo os dedos por um corte rente, quase careca.

— Não há muito o que ver — ele disse. — Eu costumo mantê-lo bem curto... Cortei novamente essa semana.

— Parece que é loiro — ela disse, erguendo uma sobrancelha.

Colocando o boné de volta, ele assentiu.

— Sim, "loiro sujo", como minha mãe sempre diz, mas isso não soa muito sexy para as meninas.

— Bem, você faz o "loiro sujo" parecer sexy. — Annie tentou, em vão, não corar enquanto abria a porta do Starbucks.

Casey ergueu uma sobrancelha quando ela fez um gesto para a porta, indicando que ele deveria entrar na frente dela.

— Obrigado — ele disse ao entrar.

Depois de pedirem o café e um lanche, Casey acenou com a cabeça em direção à porta.

— Quer caminhar de novo?

— Claro. — Eles caminharam pela praça em um silêncio sociável, tomando café e mastigando uma fatia de pão de banana com nozes e uma barrinha de limão, que compartilharam. — Então, você não me disse que tipo de dança você faz, além de confirmar que não é stripper.

— Dançarino exótico e não, não sou e nunca fui. Mas ouvi dizer que o dinheiro pode ser muito bom, e já tive uma ou duas ofertas ao longo da carreira.

— Sério?

— Sim, mas eles não podiam me pagar.

Annie bufou e balançou a cabeça.

— Você não é nem um pouco arrogante, né?

— Eu não sou arrogante. É só que cobrei mais para tirar a roupa do que qualquer clube estaria disposto a me pagar. Agora, se a oferta viesse de um diretor de vídeos musicais, seria diferente. Isso é dinheiro suficiente para me fazer tirar a roupa quantas vezes eles quiserem.

— Você dança em vídeos de música?

— E em shows, como dançarino de apoio.

— Uau, isso é muito legal!

— Pode ser, mas é muito trabalho também, e você tem que ficar em forma. Não sobra muito tempo para socializar.

— Então agora eu deveria me sentir especial por você ter tomado café duas vezes comigo?

— Muito especial. — Ele sorriu e piscou para ela.

— Você é o que eles chamam de profissional? Se sustenta com a dança?

— Sim, há mais ou menos dois anos.

— Isso é loucura. Bem, bom para você. Sempre quis me apresentar, mas nunca tive coragem para seguir a nada a sério.

— É mesmo? Você sabe dançar?

Annie negou com a cabeça.

— Nunca tive aulas, gosto de dançar em boates. Mas o que eu gosto mesmo é de cantar... isso é o que eu faria se pudesse escolher uma carreira.

— Bem, então você deve correr atrás disso.

— Você faz parecer tão fácil.

— Nada vale a pena se vier fácil.

— Isso parece uma citação.

— Acho que é, mas não sei de quem.

— Bem, essa é das boas — ela disse, assentindo.

— Você é a única coisa entre você e seus sonhos.

— Essa parece outra citação. O que você é, um biscoito da sorte, esta noite?

Rindo, Casey balançou a cabeça.

— Olha, eu odeio interromper a noite novamente, mas tenho um voo amanhã de manhã cedo para participar de uma turnê de shows.

— Oh... bem, isso é legal. Quanto tempo de duração?

— Bem, a turnê em si dura alguns meses, mas só estou substituindo um dançarino que se lesionou e não poderá dançar por algumas semanas. E quando ele voltar, eu volto pra casa.

— Uau, bem, hum... obrigada pelo café novamente. Você nunca vai me deixar pagar?

— Provavelmente não. Ei, me dê o seu número.

O coração da Annie parou por um momento. Ele estava mesmo pedindo o número dela?

— Você tem um? — ele perguntou, gesticulando para ela com o celular dele.

— Oi? Tenho. — Ela pegou o celular dele e criou um novo contato, inserindo o seu número. Num impulso, ela rapidamente tirou uma foto dela, enquanto ele ria, então a salvou ao seu perfil para que ele visse sua foto quando ela ligasse ou enviasse uma mensagem de texto. — Aqui — ela disse, entregando o celular de volta para ele.

— Legal, obrigado. — Ele apertou o botão de chamada no celular e o dela tocou na bolsa. Puxando-o para fora, ela o olhou enquanto desligava. — Agora você tem o meu número também. Ah, e aqui — ele disse, pegando o celular da mão dela e tirando uma foto de si mesmo sorrindo, antes de entregá-lo de volta para ela.

— Obrigada. — Ela devolveu o celular à bolsa, já sabendo que ficaria olhando para a foto sem parar até que o visse novamente.

— Você pode me ligar enquanto eu estiver em turnê.

— Hum, certo. Quando seria um bom momento?

— Você pode tentar a qualquer hora depois das nove da noite, no horário daqui. Se eu não atender, deixe uma mensagem que retorno quando puder.

— Está bem.

Casey estendeu a mão e deu-lhe um abraço apertado e, em seguida, um rápido beijo na bochecha, pegando-a de surpresa. Ótimo... ela estava acabada... ele era o melhor abraçador do mundo.

— Eu gostaria de te ver de novo quando voltar para a cidade. O que você acha?

— Ok — ela disse novamente, seu vocabulário inteiro parecendo tê-la abandonado em seu momento de necessidade.

— Ok, legal — ele disse, sorrindo para ela. — Quando eu voltar, espero poder te levar para dançar.

Empolgada até os dedos dos pés, Annie finalmente se sacudiu de seu estupor e encontrou sua voz novamente.

— Sim, Sr. Dançarino Profissional. Seria legal ver você em ação, mas não é, tipo, levar trabalho para casa ou algo assim?

— Não, eu nunca consigo dançar o suficiente.

— É mesmo? Isso é legal. Talvez você seja capaz de me acompanhar, então. Sempre que vou embora de uma boate, nunca estou cansada; poderia continuar dançando para sempre até que meus pés caíssem.

— Conheço o sentimento. — Arrastando os pés e ajustado a mochila no ombro, ele pigarreou. — Legal, então é... então, é um encontro? — ele praticamente gaguejou, tropeçando nas palavras, de repente, parecendo tímido e introvertido.

Ela não estava acreditando no que ouvia. Este cara gostoso e encantador não só a encontrou por acaso, como também quer conhecê-la melhor e ainda a convidou para um encontro.

— Hum, com certeza.

Aliviado, ele sorriu quase timidamente e então pareceu estar se preparando para fazer a próxima coisa que aconteceu. Deixando sua mochila cair, ele deu um passo em direção a ela e ergueu a mão até a sua boca, traçando seu lábio inferior com a ponta do dedo. Olhando para seus lábios por um longo instante, ele finalmente inclinou a cabeça e a beijou. Foi um beijo breve, mas doce, então ele recuou e pegou a mochila novamente.

— Desculpe, eu tinha que fazer isso... estava querendo desde que te entreguei o seu gloss.

Olhando-o, Annie ficou sem palavras mais uma vez.

Depois de se despedir de Casey, Annie voltou ao carro totalmente deslumbrada, tentando entender o que aconteceu. Com toda a má sorte que teve com os homens, parecia estranho ter alguém genuinamente mostrando real interesse nela e não imediatamente tentando comê-la. Talvez fosse uma boa coisa boa ele ficar fora da cidade nas próximas semanas. Isso lhes daria a chance de conversarem mais e se conhecerem, e ela estava ansiosa por isso.

Enquanto estava se preparando para pegar a estrada e ir para casa, o celular dela bipou, indicando o recebimento de uma mensagem de texto. Sorrindo, ela olhou para ele, meio que na expectativa de ser uma mensagem de Casey, mas não era. Era de Nate.

Nate: Annie, preciso falar com você. Peço mil desculpas e quero explicar tudo, se você quiser me ouvir. Sei que não tem desculpa o que eu fiz, mas tive uma boa razão para isso. Sinto sua falta. Quero te ver e contar tudo. Por favor, diga que vai me ouvir.

Que merda é essa? Annie estava chocada. A essa altura, ela não esperava ouvir falar de Nate novamente, mesmo que isso tenha sido tudo o que ela desejou nos últimos dias. O que isso queria dizer e será que ela queria ouvi-lo? E Casey? Ela gostava dele... gostava *de verdade*. Mas ela também gostava de Nate e aquela noite no karaokê tinha sido ótima até que ele foi embora — então teve a noite que jantaram com Alex, em casa, e também o passeio até o Pier de Santa Monica.

Devastada e confusa, ela voltou para casa refletindo. Que tipo de explicação Nate poderia dar que desculpasse completamente as ações dele e o silêncio seguinte? O que aconteceria com Casey se ela concordasse em ver Nate de novo e ele descobrisse? Ele não iria querer vê-la novamente porque ela era uma idiota que se deixa levar? E se ela dissesse a Nate que não queria vê-lo, e então, nunca ouvisse falar de Casey novamente?

Com tantas perguntas atravessando sua cabeça, Annie sabia que tinha muito em que pensar antes de tomar qualquer decisão. Ela só esperava que, no final, o que quer que escolhesse fazer fosse a decisão certa.

Continua...

Agradecimentos

Primeiro, os meus sinceros agradecimentos a Kimberly Knight, por me inspirar a começar esta jornada. Você me motivou a realizar o meu sonho e nunca poderei agradecer o suficiente por isso. Obrigada por todos os conselhos, apoio e encorajamento que me deu e pelas muitas horas que passou me ajudando a fazer o meu livro o melhor que poderia ser.

Um agradecimento especial às minhas leitoras betas: Kimberly Knight, Perri Forrest, Kristy Louise, Sarah Bonner, Belkis Williams, Monica L. Holloway e Caylie McQuaid, que me deram seus tempos livres para me ajudar a aperfeiçoar o meu livro. Também devo a minha sincera gratidão a todas as mulheres incríveis e superfantásticas que participam no meu blog, me ajudando a promover o *Procurando o amor nos lugares errados*.

A todos os meus amigos do Facebook, que me apoiam e incentivam ao longo do caminho, obrigada por me apoiarem tarde da noite quando alcancei uma nova contagem de palavras, respondendo minhas perguntas aleatórias do tipo "preciso colocar isso em itálico?", e por sempre me fazerem sorrir e gargalhar quando eu mais preciso.

Sinto especial apoio e apreço por outros autores independentes incríveis que acabei descobrindo nos últimos meses.

Vocês todos me inspiram com seus talentos, energia, determinação e senso de comunidade, ajudando a promover e incentivar outros autores independentes.

*Entre em nosso site e viaje no nosso mundo literário.
Lá você vai encontrar todos os nossos
títulos, autores, lançamentos e novidades.
Acesse www.editoracharme.com.br*

Além do site, você pode nos encontrar em nossas redes sociais.

https://www.facebook.com/editoracharme

https://twitter.com/editoracharme

http://www.pinterest.com/editoracharme

http://instagram.com/editoracharme